フウガ
Fuuga Haan
「しかしフウガ。どこまで行くつもりなんだ?」
「どこまでもだ」
シュ
Shu
XIV
主義勇者の
王国再建記
Re:CONSTRUCTION
THE ELFRIEDEN KINGDOM
TALES OF REALISTIC BRAVE
どぜう丸
イラスト 冬ゆき

パイ
Pai
「ちっ、やってくれる。これまでのヤツとは違うか」

シィル
Sill Munto
「フウガ・ハーン！
仲間の仇は討たせてもらう！」
ドゥルガ
Durga

WORLD MAP
OF THE ELFRIEDEN KINGDOM
AND NEIGHBORING COUNTRIES
魔王領
ノートゥン
竜騎士
王国
ラスタニア
王国
東方諸国連合
星竜連峰
グラン・ケイオス帝国
（白線は属国含む領土）
フリードニア
王国
傭兵国家
ゼム
九頭龍
諸島連合
トルギス
共和国

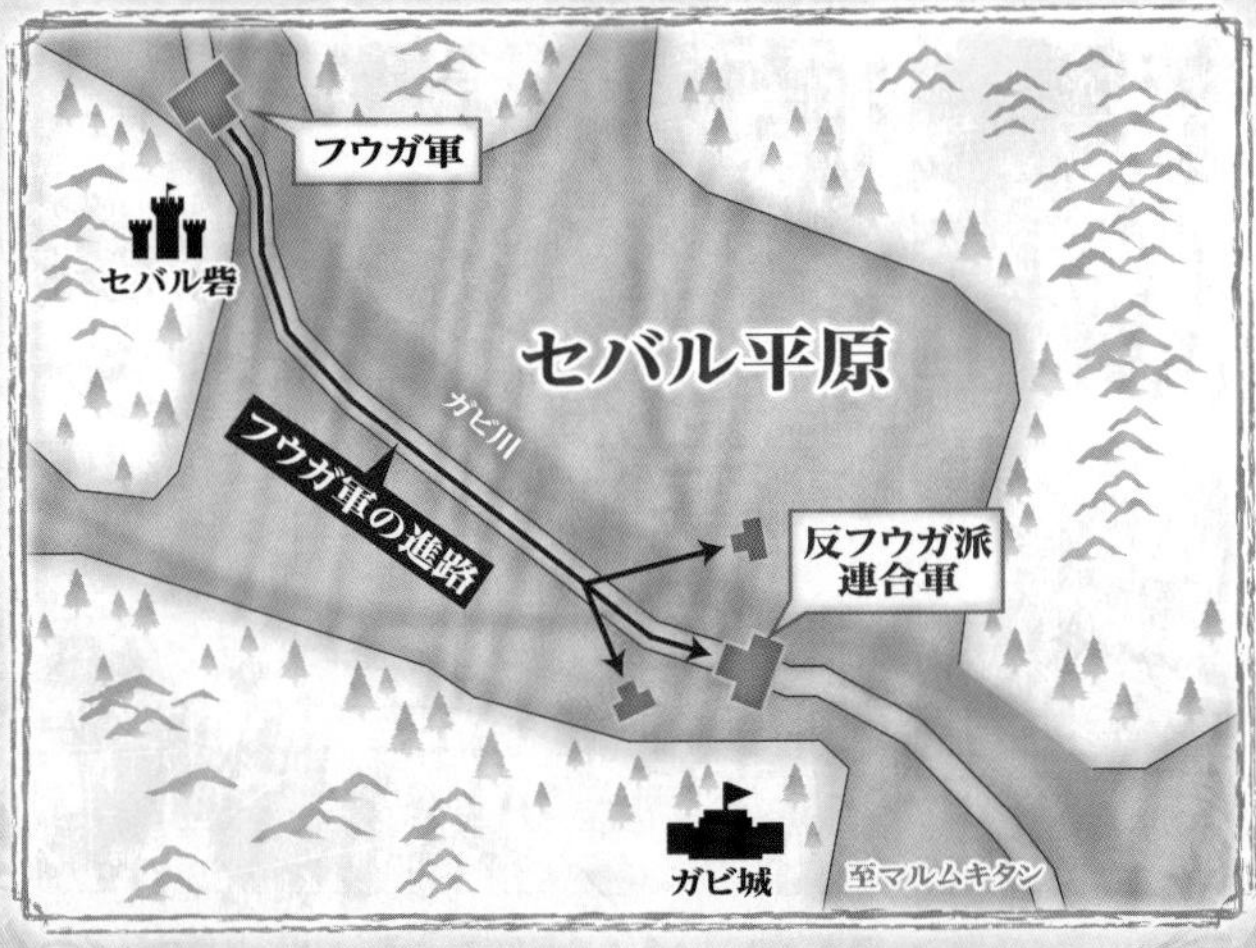
フウガ軍
セバル砦
セバル平原
ガビ川
フウガ軍の進路
反フウガ派
連合軍
ガビ城
至マルムキタン

現実主義勇者の王国再建記

Re:CONSTRUCTION THE ELFRIEDEN KINGDOM TALES OF REALISTIC BRAVE

XIV

どぜう丸
イラスト 冬ゆき

Re:CONSTRUCTION THE ELFRIEDEN KINGDOM TALES OF REALISTIC BRAVE

CHARACTERS

XIV

アイーシャ・U・エルフリーデン
Aisha U. Elfrieden

ダークエルフの女戦士。王国一の武勇を誇るソーマの第二正妃兼護衛役。

ジュナ・ソーマ
Juna Souma

フリードニア王国で随一の歌声を持つ『第一の歌姫』。ソーマの第一側妃。

ロロア・アミドニア
Roroa Amidonia

元アミドニア公国公女。稀代の経済センスでソーマを財政面から支える第三正妃。

ナデン・デラール・ソーマ
Naden Delal Souma

星竜連峰出身の黒龍の少女。ソーマと竜騎士の契約を結び、第二側妃となる。

ソーマ・A・エルフリーデン
Souma A. Elfrieden

異世界から召喚された青年。いきなり王位を譲られて、フリードニア王国を統治する。

リーシア・エルフリーデン
Liscia Elfrieden

元エルフリーデン王国王女。ソーマの資質に気付き、第一正妃として支えることを決意。

ムツミ・ハーン
Mutsumi Haan

チマ公国を統治するチマ家の長女。マルムキタンの王・フウガと結婚し、彼の覇道を支える。

フウガ・ハーン
Fuuga Haan

マルムキタンの王。世界全土に覇を唱えようとする在り方をソーマから危険視されている。

イチハ・チマ
Ichiha Chima

チマ公国を統治するチマ家の末子。魔物研究の才があり、フリードニア王国に招かれる。

ユリガ・ハーン
Yuriga Haan

マルムキタンの王・フウガの妹。フウガの提案でフリードニア王国に留学する。

ハクヤ・クオンミン
Hakuya Kwonmin

フリードニア王国の『黒衣の宰相』。諸学に通じ、戦略・政略・外交を担う。

トモエ・イヌイ
Tomoe Inui

妖狼族の少女。動物などの言葉がわかる才能を見出され、リーシアの義妹となる。

ティア・ラスタニア
Tia Lastania

ラスタニア王国の王女。元アミドニア公国公太子ユリウスを慕い、彼の生き方を変えた。

ユリウス・ラスタニア
Julius Lastania

元アミドニア公国公太子。ラスタニア王国のティア姫と結婚し、次期国王として政務に励む。

メアリ・バレンティ
Mary Valenti

ルナリア正教皇国の聖女。フリードニア王国に“有事の際の聖女候補と穏健派の保護”を要請。

クー・タイセー
Kuu Taisei

トルギス共和国元首の子息。盟友ソーマの元に客分として滞在し、彼の統治を学ぶ。

Contents

Re:CONSTRUCTION
THE ELFRIEDEN KINGDOM
TALES OF
REALISTIC BRAVE

XIV

プロローグ　若虎覚醒

――大陸暦一五四三年・夏

ソーマがこの世界に召喚される三年程前のことだ。

東方諸国連合北東部にある草原地帯。

見上げれば抜けるような夏の青空と入道雲があり、足下には万里に続いているのだろうかと思うほどの草の絨毯《じゅうたん》が広がっていた。大きな山がなく、なだらかな丘陵程度しか高低差のないこの草原は、目を凝らせば遥《はる》か遠くまで見通せそうだった。

そんな草原を風のように駆け抜けていく四騎の騎兵があった。

その四騎は全員が武器を持ち鎧《よろい》を着込んでいて、オレンジ色の毛皮を持つ山羊《やぎ》とオリックスを混ぜたような騎獣に乗っていた。その騎獣の名はテムズボックといい、この草原地帯で軍馬の代わりに飼育されている生物だ。テムズボックは人を乗せたまま高く跳躍することができ、跳躍騎兵というこの草原独自の兵科を生み出すこととなった。

その一団の先頭を走るのは二十歳を過ぎたくらいの偉丈夫だった。

「ハハハ！　遅れているぞ、カセン！」

「ま、待って下さいよ！　フウガ様ぁ！」

偉丈夫が振り返りながら言うと、最後尾を走っていた一団の中で最も歳《とし》若く、背中の翼の間に矢筒とボーガンを背負った少年が悲鳴に近い声を出した。

先頭を走るのはこの草原地帯を『マルムキタン』という統一国家にしたライガ・ハーンの子で、このとき二十二歳のフウガ・ハーン。まだこのときは飛虎ドゥルガと出会う前であり、乗っているのは皆と同じテムズボックだったが、すでに大将の風格があった。

最後尾を走るのは天人族のカセン・シュリだ。フウガの悪童仲間の中では十三歳と若かったが、ボーガンを使った騎射の腕はフウガたちも舌を巻くほどだった。

「フッハッハッハッハ！　泣き言を言っていると置いていくぞ、カセンくん」

すると一団の中央を走っていた、ポーランドの有翼騎兵並みに派手な羽根飾りの付いた鞍《くら》に跨《また》がる男がカセンを笑い飛ばした。カセンはムッとむくれた。

「その羽、ガシャガシャ五月蠅《うるさ》いです、ガテンさん！」

「ハッハー、仕方あるまい！　この羽は我が輩のトレードマークだからな！」

彼の名はガテン・バール。この四人の中では唯一翼が生えていない人間族の青年だった。性格は目立ちたがり屋で軽薄だが、戦場では腰に付けている鉄を編んだ鞭《むち》を使い、変幻自在な戦い方をする優将だった。

「フフフ、フウガ様の配下にのろまは要らないのですよ」

「……そんなこと言って、モウメイさんを置いてきちゃったじゃないですか」

カセンが恨みがましい目で言うと、ガテンは肩をすくめた。

「モウメイくんは仕方あるまい。乗っているのがソウゲンヤクだからね」

彼らの語るモウメイ・リョクは人間族でフウガ以上の巨漢であり、大槌《おおつち》を振り回して戦う剛力の士だった。その巨体ゆえにテムズボックには乗ることができず、足腰の強いソウゲンヤク（草原で飼育されている毛長の牛）に乗っている。そのためフウガたちの早駆けにはついて行けず、あとでノンビリと合流してくることだろう。すると、

「二人とも、無駄話ばかりしていると舌を噛《か》むぞ」

フウガと歳が近く、幼少期からの友であり、いまは彼の右腕として支えている天人族のシュウキン・タンが二人を窘《たしな》めた。武勇にも知略にも優れており、フウガが父の跡を継いで王となったその日には最側近となるであろうと目される英才だった。

シュウキンは先頭を走るフウガにテムズボックを並べた。

「しかしフウガ。どこまで行くつもりなんだ？」

「どこまでもだ」

「はい？」

「この大地の続くかぎり、どこまでも行けたら楽しいと思わないか？」

遥か遠くの地平線を見ながらフウガは笑って言った。シュウキンは額を指で押さえながらやれやれと頭を振った。

「いま私たちが向いているのは北だ。このまま北に行けば魔王領だろう？」

「おうよ。だから魔王領まで俺たちの国にしてしまうのさ」

「正気か!? 傑物であるお父上でさえこの草原をまとめるのがやっとだったんだぞ」

シュウキンはそう言ったが、フウガの目はギラついていた。

「親父《おやじ》は一部族からのスタートだった。だから草原を統一し『マルムキタン』を建国するまでが精一杯だった。しかし俺はこの『マルムキタン』からスタートできる。我が友シュウキンよ。俺の将器は親父に劣っているか」

「……いや、キミの将器は父上より上だろう」

フウガをよく識《し》る者として、シュウキンはおべっかなどではなく本気でそう思っていた。

武勇、知略、統率力……どれをとってもフウガは現国王ライガに劣っているものはなく、また仲間を惹《ひ》きつけてやまないカリスマ性はライガよりも優れていると感じていた。

フウガはニカッと笑うと、拳を天に突き上げた。

「俺は、この草原からどこまでも駆けていく。俺たちの通ったあとが国道となり、俺たちが見た景色は国土になる。俺たちの国をどこまでも広げていくのさ！」

「………」

不遜にも聞こえる大言。しかしシュウキンは無理だとは思わなかった。

魔王領が出現してから大陸の人々は俯《うつむ》きがちだった。事態が好転しなくてもいいから、せめて今日と同じ明日が来るようにと願い縮こまっていた。そんな中でフウガは遥か先の明るい未来を思い描いていた。これこそが人々を導く器なのだろう。

「フウガ様！　俺はどこまでもついて行きます！」

「ハッハッハー！　大将と駆けるのは楽しいですからなぁ！」

話を聞いていたカセンとガテンも言った。

そんな二人の反応に、フウガとシュウキンは顔を見合わせて笑うと、

「無論。私もどこまでも付き合うぞ！　友よ！」

「おう、シュウキン！　見果てぬ先まで付いてきやがれ！」

二人はさらにテムズボックのスピードを速めるのだった。

◇◇◇

しかし、その年の冬。運命の時が訪れる。

草原国家マルムキタンの建国者であるライガ・ハーンの急死である。

死因は流行病による病死だが、ライガのあまりにも急で早すぎる死は、敵対勢力による謀殺ではないかという風聞が流れた。ライガの死を知った諸部族たちがすぐさま不穏な動きを始めていたことも、この風聞に拍車をかけていた。

そしてライガの葬儀の日。この部族での葬儀はなにもない草原に穴を掘り、遺体と副葬品を安置して、最後に馬を一頭殺して一緒に埋めるというものだった。ライガは生前から死後はその伝統に則《のっと》った葬儀を希望していたのだった。

（親父……アンタはここまでなのか……）

土の下に置かれた父の姿を見ながらフウガは思った。

(草原を統一して王になった。誰しもが親父は柵《しがらみ》にとらわれない破天荒な男だと思っていた。しかし……死ぬときは旧来の伝統に包まれて逝《ゆ》くのだな)

自分はどうだろう。死ぬときは旧来の伝統に包まれて逝くのだろうか。いつか慣習に身を委ねるときが来るのだろうか。できるならば、もっと華々しく満足のいく最後を迎えたい……と、フウガはそう思った。

「………」

フウガの傍らには十歳に満たない妹ユリガがひしっと抱きついていた。フウガはユリガの肩に手を置き、しっかりと抱き寄せた。

すると、そのときだった。

「報告！　かねてよりライガ様に敵対的だった諸部族が徒党を組み、こちらに向かっているとのこと！」

葬儀もまだ終わらないうちに伝令が駆け込んできてそう報告した。

「くそっ、ライガ様が亡くなったのを好機と見て攻め込んできたか！」

シュウキンが吐き捨てるように言った。ユリガはフウガにギュッと抱きついた。

「お兄様……」

「心配するなユリガ。……ガイフク！」

フウガはユリガの肩に手を置いてそっと引き離すと、近くに居た頭に狼耳《おおかみみみ》の載った筋骨隆々の老将に呼び掛けた。彼の名はガイフク・キイン。妖狼族《ようろうぞく》だがトモエと違って難民として流れてきたわけではなく、ライガの時代からハーン家に仕える古参の将である。

ガイフクが手を前に組んで「はっ」と応えると、フウガは命じた。

「すぐに軍を招集せよ。来れるヤツらだけで構わん」

「はっ。同盟を結んだ部族にも招集を掛けますか？」

「要らん。どうせ日和見するだけよ。俺がライガ・ハーンの跡を継ぐにふさわしい男かどうか品定めしてやがるんだろうさ。だったら見せてやろうじゃねぇか」

フウガは今度は悪童仲間のほうを見た。

「シュウキン、モウメイ、ガテン、カセン！」

「「「はっ」」」

「お前らも、この日のために訓練してきた手勢を集めてこい。この戦いで俺たちの武威を示し、敵対する者も日和見する者も、等しく我が前にひれ伏せさせよ！」

「「「おうっ！」」」


敵は三千人ほどをかき集めたようだ。フウガの手勢は千人に満たない。

しかしフウガは不敵な笑みを崩さなかった。

「ガテンは騎兵百で敵右翼に攻撃を掛けろ！　派手に動いて敵の目を集中させろ！」

「承知した、大将」

「カセンは弓騎兵百で敵左翼から騎射しろ。敵の隊列を乱せ！」

「はい！」

命令を受けたガテンとカセンは敵を左右から攻撃した。テムズボックの足を活《い》かして、敵に損害を与えつつも自軍の被害を抑える戦い方に終始し、一つの塊となって向かって来る敵軍の周囲を飛び交う羽虫のように纏《まと》わり付いた。

数に任せて圧殺しようとした敵軍は足を取られ、隊列を乱すことになった。

それを見たフウガは兜《かぶと》を被《かぶ》ると隣に立つシュウキンに言った。

「よし、シュウキン！　俺たちは正面から突っ込むぞ」

「敵軍をかき乱し、敵の混乱を広げるのだな」

「そういうことだ。モウメイ！　歩兵は任せる。敵が混乱したら突っ込んで来い！」

「おう！　承知しました！」

大槌を持ち、ソウゲンヤクに乗った巨漢がドンと胸を叩《たた》いた。フウガは頷《うなず》く。

「ここの守備はガイフクに任せる。ユリガたちを頼む」

「お任せ下され、若……いいえ、大殿！」

ガイフクが手を前に組んでそう言うと、フウガは正面を向いた。

「それじゃあ、行くぜシュウキン！」

「おう！」

二人は跳躍騎兵を率い敵軍の中へと殴り込んで行った。

　二人が率いる跳躍騎兵は敵軍の最前列まで駆け寄ると、盾を構えて突進を防ごうとする歩兵隊の前で大きく跳躍し、その防衛線を軽々と飛び越え、その後ろの弓隊に襲いかかった。自分たちは盾持ち兵に守られている、前線が破られるまでは危険はないと油断していた弓兵たちは、フウガたちの刃で命を刈り取られることとなった。

「敵は我が軍より少数ぞ！　立て直せ！」

　一際立派な鎧《よろい》を着た将が混乱を立て直そうとはしたものの、

「邪魔だ、どけ！」

「なっ……」

　フウガの斬岩刀の一振りで首を落とされることとなった。これが敵軍の中では名のある将だったらしく、混乱は加速し、遅れて到着したモウメイ率いる歩兵隊が敵軍とぶつかる頃には、敵軍は総崩れとなった。逃げる敵兵にも跳躍騎兵は容赦なく襲いかかった。

　終わってみれば、草原は敵の血で満たされていた。

　フウガ率いる軍勢は寡兵ながらも攻め込んできた軍勢を撃破した。

　この勝利によりフウガはライガの後継者……いやそれ以上の王としての実力を示し、草原の諸部族は彼に服従していった。ライガが同盟という形でしか取り込めなかった部族でさえも、フウガには服従し、彼は真の意味で草原の王となった。

　若き虎の覇道はこのときより始まった。

第一章　揺れる諸国

――大陸暦一五四九年の初め。ソーマ、怪獣オオヤミズチを討伐す。

ソーマ率いる王国艦隊が九頭龍《くずりゅう》諸島連合の艦隊と協力して、九頭龍諸島を襲っていた巨大生物オオヤミズチを討伐したという報《しら》せは、フリードニア王国と諸島連合に住む人々を大いに沸かせることとなった。

王国民が熱狂した理由の一つに、召喚された勇者であるソーマが、初めて勇者らしい快挙を成し遂げたということがあるだろう。ソーマがこれまでに成し遂げた外征は、対アミドニア公国戦と東方諸国連合への援軍派遣の二つだ。

アミドニア公国との戦いは結果的に見れば痛み分けというべきか、ノーゲームに近い決着になっていたし、ロロア・アミドニアの活躍もあって王国と公国は穏便な形で併合されたので、明確に勝者と敗者が分けられることもなかった。

また東方諸国連合への援軍はグラン・ケイオス帝国からの要請ということを前面に押し出していたし、イチハが仲間に加わるなど、国の力が底上げされるような人材は手に入ったものの、それを理解しづらい市井の民たちからは、骨折り損のくたびれもうけだったのではないかと思われていた。

もっともイチハの有用性が認識されるにつれ、ソーマに先見の明があったことは証明されていくのだが、勇者らしい快挙とは認識されなかったのだ。

しかし、ここにきてソーマは九頭龍諸島へと艦隊を派遣し、その地を脅かしていた怪獣オオヤミズチを討伐するというわかりやすい武威を示した。そしてこれまで敵対国家と思われていた諸島連合の艦隊を引き連れて戻ってきたのだ。

東方諸国連合のときと同じく裏の事情など知る由もない市井の民たちは、

『ソーマは諸島連合を脅かしていた怪獣を倒して武威を示し、彼らを心服させたのだ』

……と噂《うわさ》した。ソーマの初めての華々しい勝利に熱狂したのだ。

一方で九頭龍諸島でも、自分たちを脅かしていたオオヤミズチを討ち果たすことに協力してくれたフリードニア王国への心証は格段に良くなり、その勝利の立役者とされたソーマ王とシャボン姫の名声は高まることとなった。

こうして二国の民からは称《たた》えられたソーマだったが、それ以外の国家に住む（為政者や上層部を除く）人々にまでは、その快挙は届いていなかった。

というのも、それ以上の快挙の話で持ちきりだったからだ。

――フウガ率いるマルムキタンによる魔王領の（一部）奪還！

フウガ率いる軍勢が魔王領へと入り、一部地域を奪還したというのだ。

これは人類にとっては十年越しの悲願であり、それを成し遂げたフウガとマルムキタンの名声は、東方諸国連合の内外問わず高まっていた。

とくに東方諸国連合に住まう人々の熱狂は凄《すさ》まじかった。

フウガを最高指導者とした東方諸国連合の再編（あるいはフウガを王とした統一国家の誕生）を求める声も日増しに大きくなっていた。

多くの中小国家が合併と分裂を繰り返し、縁組みによって利害関係が雁字《がんじ》搦《がら》めになっていて、頭一つ飛び抜けた国家が生まれにくい土壌である東方諸国連合。南のフリードニア王国が着実に力を付けているにもかかわらず、この国は旧態依然として変わらなかった。

このにっちもさっちもいかない状況を打破してくれそうな人物の登場を、この国に住まう人々は長年待ち続けていたのだ。そして満を持してのフウガの登場である。

待ち望まれていた英雄。

人々は野望に向けて邁進《まいしん》するフウガの姿に光を見出《みいだ》したのだ。

◇◇◇

しかし、光が強くなれば影もまた濃くなるもの。

フウガに心酔する人々が増えれば増えるほど、そんなフウガの存在を危険視する者たちもまた増えていった。

イチハやムツミの父であり、チマ公国を治めるマシュー・チマもその一人であった。

「これはまずい……まずいぞ……」

政務室の中をウロウロしながらマシューは呟《つぶや》いた。

そんなマシューの様子を目つきの鋭い二十代後半ほどの男が見つめていた。

「父上。なにをそんなに焦っているのです」

目つきの鋭い男がそう尋ねると……。

ダンッ!!

「知れたことよ、ハシム！　フウガ・ハーンのことだ！」

マシューは手近にあった机を叩きながら言った。

ハシムと呼ばれた男はマシューの長子ハシム・チマだった。ハシムはチマ家の兄弟姉妹の中で、最もマシューの謀略の才能を受け継いだ人物だった。

先の魔浪《まなみ》（魔物の大量発生）の際、マシューは援軍を得るのと同時に各国への影響力を高めるため、それぞれ優秀だと名高かった自身の八人の子供たちのうち、長子ハシムと末子イチハを除く六人を援軍の報酬として提示するという奇策に打って出た。

ハシムはチマ家の次期当主であるため、先の魔浪《まなみ》の際に援軍の報酬には入っていない人物だったが、知略・謀略だけでなく武勇にも優れていたため、兄弟姉妹の中で誰が最も優秀かと問われたら、（ソーマのように独特な判断基準を持つ者ならともかく）当の兄弟姉妹自身は「ハシム兄上だ」と答えたことだろう。

そんなハシムにマシューは言った。

「昨今、東方諸国連合内で彼の男《フウガ》の名を聞かぬ日はない」

「それはそうです。一部とは言え魔王領の奪還という快挙を成し遂げたのですから。あの帝国ですら成し得なかったことです。国民たちが熱狂するのも無理はないでしょう」

「それがまずいと言っているのだ！」

マシューは飄々《ひょうひょう》とした様子のハシムを睨《にら》んだ。

「このままでは諸国連合内でフウガの発言力が強くなりすぎる。すでにあの男を諸国連合の共通の王とすべしという声が上がってきている」

「なるほど……ですが、それも仕方ないのでは？　彼《か》の人物にはそれだけ人を惹《ひ》きつける魅力があるのでしょう」

ハシムが冷めた様子で言うとマシューはフンと鼻を鳴らした。

「無知なる民にはあの男の恐ろしさがわからんのだ！　あの男の眼《め》は魔王領よりも遥《はる》か先を見ている。荒廃した魔王領の奪還程度で満足するものか。ヤツは必ず諸国連合に属するすべての国を呑《の》み込むことであろう」

「フウガ殿の狙いは東方諸国連合の統一にあると？」

ハシムが尋ねるとマシューは頭を大きく振った。

「それよりも酷《ひど》いかもしれん。あれは何事も自分が一番でなければ気が済まん男だ。南のフリードニア王国や西のグラン・ケイオス帝国とさえもやり合うつもりかもしれん」

マシューの言葉にハシムはアゴに手を当てながら思案顔になった。

「王国や帝国と覇を競う東方諸国連合……見てみたい気もしますな」

「馬鹿を言うな。そのときには東方諸国連合という所属や枠組みなど無くなっていることだろうよ。残っているのはフウガを王と崇《あが》める者たちの国だ」

マシューは吐き捨てるように言った。

「ヤツはすべてを破壊する。各国が結んできた縁戚関係も、これまで我らチマ家が築き上げてきた外交網も、あの男の障害となるならばすべて根絶やしにされるだろう。いま、まだ大きくなりきっていないうちにあの男を止めねば……我らにはもう二度と止めることなどできなくなるであろう」

「……まさか父上。反フウガ派につくおつもりか。フウガ殿のもとにはムツミが嫁いでいるのですよ？」

ハシムの責めるような視線を受けて、マシューは溜息《ためいき》を吐《つ》いた。

「傑物であるがゆえ婚礼を喜んでいたが……あの男は傑物過ぎたのだ。せめてムツミがあの男の増長を諫《いさ》めてくれれば……いや、いざというときはヤツの息の根を……」

「父上っ」

「……だが、ムツミはフウガに心酔してしまっているようだ。あの男を止めることなどしないだろう。だからこそ、私が主導せねばならんのだっ」

マシューは覚悟を決めたような顔で言った。

「このときより他にないのだ。すでに東方諸国連合内の三割ほどの国はフウガへ臣従しようとしている。残る国はそれを危険視するか戸惑っている状態だ。これ以上、フウガ派の勢力が増え、反フウガ派が削られる前になんとしても、あの男を阻止せねばならない」

「…………」

マシュー・チマにとって……いや小国であるチマ公国にとって、フウガ・ハーンは折角築き上げてきた外交網を破壊しかねない人物だった。

諸国連合内の外交による均衡の維持。

それは歴代チマ公の生き様そのものであった。

だからこそ、マシューにはフウガの存在が許せなかったのだ。

マシューは立ち上がると扉に向かって歩き出した。

「各国に散らばった子供たちにも連絡をとらなければ。イチハのいるフリードニア王国の助力を得られれば心強いが、ソーマ王のもとにはフウガの妹もいると聞く。もしフウガがソーマ王に嫁がせるつもりで送ったのならば、王国軍を招くのはかえって危険か……」

そんなことを言いながらマシューは部屋を出て行った。

政務室に残されたハシムはそんな父の背中を見送りながら、

「……軽挙妄動は慎むよう、言わねばならんか」

小さく、そう一言呟いたのだった。

◇◇◇

——マシュー・チマが反フウガ派と接触していたその頃。

チマ公国から遠く離れたフリードニア王国のパルナム城の政務室では、ソーマが黒猫部隊からの報告書と、ユリウスから届けられた定期報告を読み比べていた。

そのどちらもが、

『東方諸国連合内で反フウガ派の動きがこれまでにないほど活発になっている。そう遠くないうちに反フウガ派は親フウガ派に対してなにか仕掛けるものと思われる』

……といった内容を伝えていた。

「……ふぅ」

ソーマは報告書を読み終えるとそれを机の上に置き、溜息を吐きながら椅子の背にもたれて周りを見た。ソーマを除き政務室にいたのは第一正妃のリーシア、宰相のハクヤ、そして黒猫部隊の報告書を持って来た隊長カゲトラの三名だった。

そんな三人にソーマは言った。

「黒猫部隊もユリウスも、反フウガ派が近いうちに行動を起こすだろうという見解は一致している。ただ、ユリウスの見立てでは反フウガ派は東方諸国連合内の広範囲と連絡をとっている節があるという。だというのに誰が首謀者なのか悟らせていないその手腕から、かなりの切れ者が動いていることが予想される」

「はっ。拙者の配下も反フウガ派を指揮する人物は摑《つか》めておりません」

カゲトラも同意すると、ソーマはコクリと頷《うなず》いた。

「仕方の無いことだ。あの国の内部は縁戚関係でこんがらがっているからな。中での連携はすごいが外に対しては閉鎖的だ。黒猫部隊でも情報収集は困難だろう」

「……御意」

「その反フウガ派というのは東方諸国連合内にどれくらいいるの？」

リーシアの疑問にソーマはユリウスからの報告書を見ながら答えた。

「少なくとも親フウガ派の二倍以上はいるらしいな」

「意外と多いわね。魔王領の一部を奪還して名声は鳴り響いているんじゃなかったの？」

「諸国連合に属する国民たちの間ではね。だけど実際に軍勢を動かすことができるのは、その国民たちの上に立つ為政者たちだ。そんな為政者たちにとってみれば、自国民の期待を集めるフウガの存在は容認できないのだろう。自国民がフウガの傘下に入ることを望めば、自分たちの立場が危うくなるしな」

「……なるほど。国民たちがフウガ殿を支持しても、国家としては反フウガ派が多いというわけね」

リーシアは納得がいったとポンと手を叩《たた》いた。ソーマも頷く。

「とくに国が大きくなるほどその傾向が強いようだな。マルムキタンはフウガの先代ライガのときに初めて国家として統一された草原地帯だ。そんな言ってしまえば成り上がりの新興国家の後塵《こうじん》を拝するなど、伝統を持っていたり、諸国連合内では強国であると自負している国ほど反発を覚えるのだろう。実際に東方諸国連合内で最も強力な国家である『シャーン王国』は反フウガ派を明言しているらしいしな」

シャーン王国は東方諸国連合内では最も広い国土面積と、最も大きな国力を持つ中規模国家だった。東方諸国連合内の各国が軍を供出して組織された『連合軍』にも最も多くの軍勢を供出しており、連合軍内での発言力もトップだ。

先の魔浪《まなみ》の際にはチマ公国への援軍にも参加しており、（ソーマが辞退したことにより）勲功はフウガのマルムキタンに次ぐ第二位と認められて、チマ家の次男であり剛力の持ち主であるナタを獲得している。

そんなシャーン王国の現在の王はシャムール・シャーン。

フリードニア王国の配下で喩《たと》えるならばオーエンやヘルマンのような筋骨隆々かつ老練な武人だという。また傭兵《ようへい》国家ゼムのように強さを重視するお国柄もあり、シャムールは大斧《おおおの》を振り回すナタを一目で気に入り養子に迎えたそうだ。

するとリーシアが首を傾《かし》げた。

「それじゃあそのシャムール王が反フウガ派の筆頭ってこと？」

「……いや、反フウガ派内での連絡の緊密さや秘匿性から考えて、シャムール王が指揮しているとは思えない、というのがユリウスの見立てだ」

関ヶ原《せきがはら》の戦いのときの西軍が、全体の総大将が毛利輝元《もうりてるもと》、企画立案者が石田三成《いしだみつなり》という風に分かれていたように、主戦力とは別の黒幕がいるのかもしれない。

関ヶ原の戦いの西軍……そこに考えが及んだとき、ソーマの頭の中にこういった裏工作が得意そうな人物の顔が浮かんだ。

（……まさか、あの人か？）

初めて会ったときに、表裏比興《ひょうりひきょう》と呼ばれた真田昌幸《さなだまさゆき》のような人物であると思ったマシューの顔が。しかしソーマはそのことを口にしなかった。

証拠もなしではただの憶測だし、それにマシューはフウガに娘ムツミを嫁がせていることからも反フウガ派になる確信が持てなかった。

勿論《もちろん》、娘可愛《かわい》さというわけではなく、フウガが台頭すれば自然と外戚となれる立場にあるのだから、反フウガ派とはなりにくいのではないかと考えたのだ。

この読み違えは、王族とは言え家族を政略の道具と割り切れないだろうソーマが、割り切れる人物がいるということを意識の外においていたことが原因だろう。

歴史のｉｆになるが、もしこの時点でソーマがマシューの暗躍に気付いていたのだとしたら、ソーマは必ずマシューを（できるかどうかは別だが）止めようとしただろう。それは英雄という虎にただ餌を与えるような行為なのだから。

「反フウガ派は予想以上に多い。親フウガ派は敗れるんじゃないかと思えるほどに」

「ですが、陛下はそうお思いではないのでしょう？」

ハクヤに確信しているように聞かれて、ソーマは「ああ」と頷いた。

「数を揃《そろ》えただけで倒せる相手なら危険視なんかしないさ。仮にフウガが東方諸国連合全域を支配したとしても国土も国力もうちのほうが上だしな。フウガの厄介なところはそういった数の優位や国力の差に左右されない〝流れ〟に乗っているところだ」

「流れ、ですか？」

「ああ。時流……時代の空気っていうのかな。フウガのような英雄に与《くみ》する者は正義、敵対する者は悪であるとされて、自然と役割を決められてしまうような空気だ」

戦国乱世が末期へと向かっている時期ならば、織田信長《おだのぶなが》のような英雄の所業は善であれ悪であれ大抵は肯定ないしは許容される。

マキャベッリの『君主論』の内容を擁護する際に「当時の権謀術数渦巻くイタリア半島の状況を理解することで、初めてその真価がわかる」と言われるのと似たようなものだ。

そんな織田信長の天下布武の前に立ち塞がり滅ぼされた朝倉《あさくら》家、浅井《あざい》家、武田《たけだ》家などは新時代に適応できなかった頑迷な愚者と見られがちだ。とくにただ教科書に記されているような勝者と敗者としての知識しか持たない人間には。

歴史好きでもなければ、滅ぼされた各家の事情などを慮《おもんぱか》ることもないだろう。

ソーマはフウガからそんな英雄の雰囲気を感じていた。

「実際、いまのフウガは救世主のように人々から讃《たた》えられている。そんなフウガの道を防ぐだけで愚者とされ、もし仮にフウガを害しようものなら人類の敵のように罵られることだろう。これはどんなに国力があっても覆しにくいことだ」

「聖女と崇《あが》められる帝国のマリア殿のような存在ということですか」

ハクヤの言葉にソーマは深く頷いた。

「ああ、そうだ。……反フウガ派はそのことがわかっていないのだろうな」

「……本当に厄介な人物なのね」

リーシアが溜息《ためいき》交じりにそう言うと、カゲトラがスッと前に出た。

「それほどまでに主上の心を乱す人物であるならば、いっそ我らの手で……」

「絶対にダメだ！」

暗殺を仄《ほの》めかすカゲトラの言葉をソーマはくい気味に遮った。

「フウガは時流に乗っているからこそ厄介なんだ。アイツの意思は、この時代の意思そのものと言っていい。そして……よく言われることではあるけれど、暗殺やテロで時代を変えることなどできないんだ」

ソーマは腕組みをすると椅子の背にもたれながら言った。

「英雄とは時代が生み出す怪物だ。この混迷の時代がフウガのような男の飛躍を望んでいるんだ。だからこそ、仮にフウガが誰かに暗殺されたとしても、すぐに次のフウガが現れてその路線を引き継ぐことになるだろう。いやむしろ、フウガが暗殺されたのを見ている分、その所業はより苛烈になるだろうな」

織田信長が本能寺の変で倒されても、すぐに羽柴秀吉《はしばひでよし》が台頭して天下統一への道を引き継ぎ、かつての群雄割拠の時代へと逆行することはなかった。

その秀吉の死後は徳川家康《とくがわいえやす》が台頭している。

群雄割拠の時代から一強の時代への変遷としてみれば、支配者は変われど時代の流れ自体は変わっていないとも言えるだろう。

英雄が時代を造る。見方を変えれば、時代が英雄を選び生み出していると言えるのではないかと、ソーマは前に居た世界で歴史を学んで感じていた。

例えばソーマの居た世界で悪の代名詞のように扱われる独裁者。

そういった独裁者は生涯に何度も暗殺やクーデターなどの危機に瀕《ひん》していたようだが、そのいずれかの企てが成功し独裁者がその時点で死亡していたとして、その後の歴史はなにか変わったのだろうか。

使い古された言葉だが、その独裁者を生み出したのは、その時代の民衆だ。

その時代の国民たちの置かれている状況や、国民たちの意識が変わらないかぎり、独裁者が死んでも、似たような思想の独裁者（あるいは政党のような集団かもしれない）が台頭するだけだろう。そして新たに立った独裁者が、死んだ独裁者が行うはずであった所業を完遂するのではないだろうか。より苛烈な形で。

（司馬遷《しばせん》は……『史記』の中で優れた人物も時代の流れの中で不遇な一生を終えてしまうことを「天の力は微なり」と嘆いたというけど、その「天」が時代の流れのことなのだとしたら、本当に微なのは人の力だろうなぁ）

ソーマはそんなことを考えていた。

マキャベッリも人のヴィルトゥ（力量・意志など多くの意味を持つ言葉）と対となる概念として、フォルトゥナ（幸・不幸の運命を司《つかさど》る女神）というものを語っている。

人の身にはどうにもできない運命として。

或《ある》いはヴィルトゥによって、少しだけでもその流れを穏やかにできるものとして。

いまのフウガはフォルトゥナに最も愛されている人物であると言えるだろう。

これとまともにぶつかれば痛い目を見るだろう。だからソーマは言った。

「時代がフウガを選んでいるのなら、変えるべきはフウガではなく時代そのものだ。時代がフウガを必要としなくなれば、フウガのような男も生まれなくなるだろう」

「……ごめん。抽象的すぎてよくわからないわ」

リーシアが申し訳なさそうに言った。

「具体的にはどうすればいいと思っているの？」

「……いまはまだ、俺にも方法はわからない。ただ鍵はある」

ソーマは立ち上がると壁に掛けられていたこの大陸の地図の前に立ち、その大陸の北部の上にバンと手を置いた。

「魔王領だ。いま現在、この世界に住む人々の不安の大部分を占めているのは、北に出現したこの魔王領の存在だ。この問題さえ解決することができたならば、フウガのような強い英雄の存在はいまよりも必要とされなくなるだろう」

「えっ？　でもフウガは魔王領をなんとかしようとして人々の支持を得ているのよね？　矛盾してない？」

リーシアの疑問にソーマは「ああ」と頷いた。

「矛盾して見えるだろう。だけどそれが英雄という者なんだと俺は思う。英雄が必要とされるのは乱世で、平和な世界では必要なくなる。英雄が乱世の終焉《しゅうえん》に向けて邁進《まいしん》すると言うことは、自分が必要とされなくなる世界を目指すということだ」

時代が生み出した英雄は、自らの力で時代を変革したのちは消えていく。

あるいは時代が変わったことで、時代が新たな統治者を選び、過去の英雄はお払い箱とされるのかもしれない。そういった悲劇性も英雄の持つ要素だろう。

するとハクヤがソーマに言った。

「つまり陛下は、当面の間はフウガ殿との敵対は避けるべきと」

「ああ。フウガと事を構えることなく、魔王領をなんとかする方法を考えつつ、敵対したときに備えて国力を高めるしかない。……魔王領に関しては微《かす》かな希望もあるしな」

星竜連峰で遭遇した謎の立方体。あれはソーマに「北へ」との願いを伝えていた。

もし万全の準備を整えた上で、ソーマが魔王と呼ばれる存在と邂逅《かいこう》できたのならば、この時代を動かすためのなにかが得られるかも知れない。そんな微かな希望があった。

「もし、それまでに東方諸国連合を従えたフウガがこの国に攻めてきたとしたら？」

「それならば対処は簡単です」

リーシアの疑問に答えたのはハクヤだった。

「フウガ派は新興国家であるため大規模国家を経営した経験のある者がいません。官僚の数も足りませんし、持久戦に徹すれば先に窮乏するのは相手方です。……もっとも、フウガ殿もそれはわかっているでしょうから、我が国と事を構えるのは自国が圧倒的に有利な状況になってからか、或いは切羽詰まったときとなるでしょう」

「……本当に厄介な相手ね」

「ああ、本当にな」

これにはソーマも同意するしかなかった。

(ユリウスにも反フウガ派に与しないように言っておかないと。いざとなったらラスタニア王家の人々と共に王国に亡命して来いと言っておくか……)

地図の上の東方諸国連合を見ながらソーマはそんなことを思うのだった。

第二章 ✦ 凶手と波紋

――大陸暦一五四九年五月初め

東方諸国連合の北にあり、魔王領の南東部にあたる砂礫《されき》地帯を進む軍列があった。

フウガ率いるマルムキタンの軍勢だ。その軍勢はさながら自分たちに敵《かな》うものなど存在しないことを誇示するかのように、無防備に長蛇の列を作って進んでいた。

実際にこの地に蔓延《はびこ》っていた魔物はマルムキタンと増えに増えた志願兵たちによって駆逐されていた。軍列の進む街道も行商人が行き交えるくらい治安は回復している。

雪がほとんど降らないこの地では冬場でも問題なく戦をすることができたが、夏場はかなり気温が上がるため戦の継続は難しくなる。

そのため最も気温の上がる七月、八月は魔王領奪還の戦いは一時休止されることになるが、その直前まで攻勢に出るためにも、ここらで一回軍に休息を取らせるべきというフウガの判断から安全圏まで戻ってきたところだった。

そんな軍列の真ん中で一際目立っているのは巨大な白い虎ドゥルガだ。

その上には鎧《よろい》を外したフウガが寝っ転がっていた。

のんびり進むドゥルガに揺られながら、フウガは暢気《のんき》に昼寝をしていたのだ。

「Ｚｚｚ……」

　暢気に高いびきなどをかいている。安全圏に入ったとはいえここはまだ凶暴な野生生物の領域であり、周囲を武装した兵士に囲まれている状況の中で昼寝ができるのはフウガの強さと強さに裏打ちされた豪胆さがあってのことだろう。

　すると、そんなフウガのもとに一騎のテムズボック騎兵が近づいてきた。

「フウガ様っ、起きてください！」

「ん……なんだ？」

　声を掛けられ、目を覚ましたフウガは身体《からだ》を起こすとボリボリと頭を掻《か》いた。

　そして話しかけてきたのが腹心であり、フウガと同じ天人族である勇将シュウキンだとわかると欠伸《あくび》をしながら尋ねた。

「どうしたシュウキン。なにかあったのか？」

「どうしたではありませんよ。そろそろ目的地に着きますよ」

「ん～？　なんだ、ようやく着いたのか」

　フウガは大きく伸びをするとシュウキンに言った。

「やっぱ軍列に合わせて進むと遅いな。ドゥルガなら一っ駆けなのに」

「この軍の総大将はフウガ様でしょう。貴方《あなた》が率いなくてどうするんですか」

「やれやれ、軍の規模がでかくなると肩書きばっかり立派になりやがる。シュウキンもすっかり俺のことを『フウガ様』と呼ぶのが板に付いてるしな」

フウガとシュウキンは歳《とし》が近く、若い頃は友として気安く接していた。

シュウキンだけでなく、フウガの軍団の中で一軍を率いる将にはモウメイ、ガテン、カセンなど、かつてフウガと共にやんちゃしていた悪童仲間が多かった。

しかしフウガが王位を継いでからは、シュウキンはフウガが舐《な》められないよう臣下の礼をとるようになっていた。フウガとしては少し淋《さび》しく思っていたのだろう。

するとシュウキンは呆《あき》れた顔をしながら肩をすくめた。

「一国の王であるのだから当然です。それより行軍中なのですから鎧兜《よろいかぶと》は身につけていてください。そんな格好では配下に示しが付きませんし、なにより不用心です」

「固いこと言うな。ここらの魔物は軒並み駆逐しただろう？」

フウガたちは道中で襲ってきそうな魔物たちを殲滅《せんめつ》し、街道の安全を確保していた。しかしシュウキンは厳しい顔で首を横に振った。

「たしかに魔物の襲撃はまずないでしょう。ですが、東方諸国連合内でフウガ様の名声が高まるにつれて、それを快く思わぬ者も増えてきています。道中にフウガ様の命を狙う者がいるやもしれません。一応、周囲を偵察させていますが……」

「本当に怖いのは魔物よりも人の嫉妬か。厄介だな」

そう苦言を呈すシュウキンに、フウガは耳の穴をほじりながら言った。

そんな主君の警戒心のなさに、シュウキンは眉根を寄せた。

「なにを他人事《ひとごと》のように言っているのです。命に関わるのですよ」

「……なぁシュウキン。俺たちの国は随分と大きくなったよな」

急にフウガがそんなことを言い出したので、シュウキンは首を傾《かし》げた。

「ん？……そうですね。国土は草原の外まで広がりましたし、我らの庇護《ひご》下《か》に入った国も多い。いまの東方諸国連合内で最も勢いのある国と言えるでしょう」

「ああ。まるでこうなることが運命づけられていたかのようにな。天意なんてものがあるのだとしたら、天は俺たちに味方してくれているようだ」

しみじみと語るフウガをシュウキンは訝《いぶか》しげに見た。

「……まさか天が味方しているから暗殺の心配はないとでも？」

そんなわけないだろうと言いたげにシュウキンがジト目で尋ねると、フウガは苦笑しながら首を横に振ると、空を見上げながら言った。

「俺たちはこれまで逆境を乗り越えて国を大きくしてきた。だからかねぇ……順風満帆すぎるとたまに不安になるのさ。俺は自分の意思で進んでいるのか、それとも見えない何かにただ突き動かされているだけなのか、ってな」

感傷に浸るような声色に、シュウキンは一瞬言葉に窮した。

「フウガ様……」

「まあ悪い気分じゃないがな。この流れに乗れば遥《はる》かに遠く、遥かな高みにまで到達できそうだしな。それにもし仮にこの道の途中で倒れたとしても、所詮自分はそこまでの男だったのかと納得できる気がする。そんな充実感があるんだ」

「倒れるだなんて……縁起でもないことを」

「ガッハッハ！　大丈夫ですぞ、シュウキン殿！」

すると初老という年齢に達しながらも筋骨隆々な狼耳《おおかみみみ》の武将が近づいてきた。

妖狼族《ようろうぞく》の老将ガイフクだった。ガイフクは「むんっ！」と三角筋や腕周りの筋肉を見せつけるようなポージングを決めながら二人に暑苦しい笑みを向けた。

「もしも不埒者《ふらちもの》の凶刃が殿に迫るならば、鍛え上げた我が肉体が盾となる所存！　我が背筋、我が腹筋はハーン家のために育てたようなものですゆえ！」

「「…………」」

ハッ！　ハッ！　と、ボディービルダーのようにポージングを変えながらガイフクは言った。見るからに暑苦しく、彼の周りだけ体感温度が五℃は上がっている気がした。

フウガとシュウキンは極力彼の方を見ないようにしながら話を続けた。

「そういえばムツミは？　姿が見えないんだが」

「ムツミ様でしたら、先触れの部隊と共に今日からしばらく滞在する都市へと向かいました。……フウガ様と同じくのんびり進むのは退屈だと仰《おっしゃ》られて」

「アイツも自由だな。羨ましくなるぜ」

「二人して抜けるとかやめてくださいよ」

シュウキンに呆れたように言われ、フウガが肩をすくめたそのときだった。

「見てくだされ、この咆吼《ほうこう》をあげるかのような上腕筋を……」

シュタンッ！

「うぐっ!?」

「――っ!?　――」

太い腕を見せつけるように近づいてきたガイフクの腕に、なにかが生えた。

矢だ。生えたのではなく、腕に矢が突き刺さっていたのだ。

狙撃だった。ガイフクが腕を上げなければ、矢は真っ直《ます》ぐにフウガのもとに飛んでいったことだろう。フウガとシュウキンは武器を手にするとすぐに周囲を見回した。

「警戒しているんじゃなかったのか？」

「広めに警戒していました。フウガ様の有効射程範囲は」

「ということは、その外から狙われたか。手練《てだ》れだな」

強弓で鳴らしているフウガの射程範囲よりも、更に遠くから狙われたようだ。

「ガイフク！　大丈夫か？」

「な、なんのこれしき。殿の盾となれたならば本望です……ぐっ」

フウガが尋ねると、ガイフクは刺さった矢を抜きながら答えた。思ったほど傷は深くはなさそうなことに、フウガはフッと表情を緩めた。

「ああ、助かった。毒が塗られている可能性もある。すぐに軍医に診てもらえ」

「そんな、敵はまだ狙っていることでしょう」

「心配するな。おかげで不意打ちは防げた。不意を突かれなければ……っ」

シュンッ……ブンッ！

またも飛来した矢を、フウガは今度は斬岩刀で切り伏せた。

「このとおりよ。来るとわかってりゃ切り伏せるのも簡単だ。それにいまので大体の方角はわかった。シュウキン、狙撃に気付いた兵が騒ぎ始めている。治めてくれ」

「まさか、一人で狙撃手を!?　危険すぎます！」

シュウキンは諫《いさ》めたがフウガは聞く耳を持たなかった。

「相手はかなり遠い。ドゥルガの脚じゃなきゃ逃げられちまうだろう」

「だからって……」

「それに、俺の家来を傷つけた酬《むく》いを受けさせる。この俺の手でな」

フウガが獰猛《どうもう》な目でそう言うとドゥルガを駆けさせた。フウガの目を見てなにも言えなくなったシュウキンは、フウガが駆けていくのを止めることができなかった。

そして空を駆けだしたドゥルガの背に手をやりながら、フウガは言った。

「敵を感じているな、相棒。俺をヤツのところまで連れて行ってくれ」

『グオオオオ！』

ドゥルガが吼《ほ》え速度が上がった。

するとフウガの居た位置から遠く離れた丘の上、枯れ木が密集している場所にある一本の木の上に、フウガの目でも辛うじて捉えられるくらいの人影が見えた。

あんなに遠くから弓で狙撃できるヤツがいるのかと思うと、フウガは世界にはまだまだ自分を驚かせる者がいるのだと嬉《うれ》しくなった。

するとまた一本の矢が飛んで来た。

シュンッ！

「っ！」

先程よりも距離が近づいたためか矢の到達が早く、フウガは切り落とさずに身体を仰《の》け反《ぞ》らせることで回避した。近づけば近づくほど矢の到達速度は上がる。

それだけフウガの命が脅かされるわけだが……フウガは笑っていた。

（いいぞ、この緊張感！　久方ぶりに滾《たぎ》るぞ！）

やがて相手との距離が詰まった。

この距離ならばお互いに外すことはないだろう。

フウガはドゥルガの背中からジャンプして飛び降りると、背中の翼を広げて滑空しながら木の上に居る相手を狙った。それは向こうも同じだ。

フウガが矢を放とうとするよりも早く、相手の方から矢が飛んで来た。その矢は狙い誤ること無くフウガの顔面の中心を狙っていた。

「……ぐっ」

フウガはとっさに首を傾けたが完全には避けきれず、兜《かぶと》と頬の間あたりに突き立った。

魔法で強化されて威力も上がっていたのだろう。

兜の中で矢はフウガの頬の肉をえぐり取っていた。兜の中が血だらけになっていること

を感じながらも、フウガの目は敵から離れてはいなかった。そして、

――カンッ

フウガの大弓から放たれた矢は一直線に飛んでいき、狙撃手の胸を貫いた。胸に矢を受けた狙撃手は糸の切れた操り人形のように頭から落下していった。

あの瞬間、どちらが倒れてもおかしくなかった。

二人の勝敗を分けたのは狙った部位だろう。

弓の腕に絶対の自信があった狙撃手は確実に命を刈り取れる頭を狙った。

対してフウガは仕留め損なったとしても接近すれば勝てると思っていたので、的の大きい胴体部分を狙ったのだ。

「ぐっ……うぐっ」

フウガは兜から矢を引き抜きながら地上へと降り立った。

命の危機を脱し、強敵を打ち倒して出たアドレナリンが収まってくると、えぐられた頬がズキズキと痛み出す。フウガは兜を脱ぐと狙撃手のもとへと歩み寄った。

どうやら狙撃手は二十歳にも満たない若い男だった。

フウガの放った矢は心臓を突き破ったようでピクリとも動かない。

（？　こいつは……）

フウガはその若い男に見覚えがある気がしたが、誰かは思い出せなかった。

しばらくして、シュウキンたちテムズボック騎兵が追いついてきた。

「フウガ様、ご無事ですか！」

心配そうに尋ねるシュウキンにフウガはヒラヒラと手を振った。

「このとおりだ。ちょっと怪我《けが》しちまったがな」

「血が出ているではないですか!? 無茶しないでください！」

「以後は気を付けよう。それよりだ」

フウガは頬から流れる血を拭うと、アゴで狙撃手のほうを促した。

「こいつが狙撃手だ。どこかで見覚えがある気がするんだが」

「えっ……っ!? この者は!?」

「わかるのか？」

「フウガ様も見ていたはずです。この男はゴーシュ・チマ。ムツミ様の弟です」

「なっ!?」

フウガは目を瞠《みは》り、ゴーシュの亡骸《なきがら》を見つめた。ゴーシュのことは論功行賞のときに見ていたが、フウガはムツミばかりを見ていたので憶《おぼ》えていなかったのだ。

「俺は義弟に命を狙われ、義弟を討ったのか……」

一戦士であるゴーシュの独断ではあるまい。

おそらく背後に彼を操り、フウガの命を狙うよう命じた者がいるはずだ。

フウガの脳裏にある男の姿が浮かんだ。

最愛の妻の父でありながら、どこか胡散臭《うさんくさ》い雰囲気を持ったあの男の顔を。

(野望へと踏み出した途端にこれか……)

フウガは斬岩刀を握る手に力を込め、空を見上げた。

曇天からはいつの間にかポツポツと雨が降り始めていた。

(このことを……ムツミに伝えねばな……)

フウガは億劫《おっくう》な気分になりながらドゥルガのもとへと歩き出した。

◇◇◇

静まりかえった夜。

ムツミは薄暗い部屋の中で窓辺に座ってぼんやりと空を見ていた。

さきほど降っていた雨はやみ、雲間から真っ白くまん丸な月が顔を出していた。

砂漠が近いので夜になるとかなり涼しい。

(……私はいまどんな顔をしているのかしら)

ムツミはボンヤリとそんなことを考えていた。

フウガに弟ゴーシュの死を、そして討ったのはフウガであると聞かされ、ムツミは衝撃を受けた。そう……たしかに衝撃を受けたはずなのだ。

しかし、ムツミの胸の内は思っていたほどは荒れなかった。

そのことがムツミを戸惑わせていた。

フウガの覇道に付き合うと決めたときから、こういうことは起こりうるだろうと覚悟していた。また策謀多き父親がなにかしてくるかもしれないということを予感していた。

だからなのか、悲しみや怒りが胸に去来しないわけではないのだが、どこか諦観にも似た感覚が多くを占めていた。いまは鏡を見たくない。

多分、いまの自分は弟の死を悼む姉の顔はできていないだろう。

そうやってボーッとしていると、部屋の扉が叩《たた》かれた。

開け放たれたままだった扉を叩いたのはフウガだった。

「……入ってもいいか」

いつもならズカズカと入ってきそうなフウガが断りを入れてきた。

自分に気を遣っているのだろうことがわかって、ムツミは小さく笑った。

「ええ、どうぞ。旦那様」

「おう……邪魔するわ」

そう言って入ってきたフウガは後ろ手で扉を閉めた後、ムツミの傍《そば》に歩み寄った。

「すまない、お前をこんな部屋の中に閉じ込めて」

「……閉じ込められてるんですか？　私は」

ムツミはそう言って小首を傾《かし》げた。

「見張りもいないし、部屋には鍵もかかっていないのに」

「一応の措置だしな。家臣たちはムツミの性格はよくわかっているから、お前が短慮を起こすようなヤツじゃないことを理解している。しかし新参者の中にはお前が弟の仇《かたき》を討とうとするんじゃないかと警戒する者たちもいる。そういった者たちの悪意から護《まも》るための措置だと思ってくれ」

「ええ。わかっています」

そう言うとムツミはフウガにピトッと寄り添った。

その瞬間、フウガの身体《からだ》が僅かに硬くなった。

「……旦那様は、私がゴーシュの仇を討とうとするとお思いですか？」

「いや、そこまでは思わないが……怒りも悲しみも受け止めるつもりだ。平手打ち……いや拳で殴られるくらいの覚悟はある。十発や二十発くらいは耐えてみせよう」

「逞《たくま》しい貴方《あなた》の身体をそんなに殴ったら私の手が痛くなりそうです」

ムツミは小さく笑ったが、すぐにその笑みを消した。

「考えていたんです。もし、討たれたのが旦那様だったら私はどうしていただろうって。多分、こんなに落ち着いては居られなかったと思います」

そう言うとムツミはフウガの頬に残る生々しい傷跡を撫《な》でた。

「この傷、もう少しズレていたら旦那様を失っていたかもしれません。もし旦那様が死んでしまったら、私は旦那様を討ったゴーシュと、おそらく元凶であろう父のことを許せないでしょう。絶対に仇を討とうとしたと思います」

「苛烈だな。そういうところも好きだが」

「ですが、旦那様に対しては恨みの気持ちが湧いてきません。チマ家の繋《つな》がりは所詮その程度のものだったのかと思うと、なんだか淋《さび》しくなったのです」

歴史の中では親兄弟や子供を利用するといったことは度々行ってきた。

中小国家が乱立するこの東方諸国連合内を謀略を駆使して生き残ってきた家系だ。

だからムツミはマシューに対してはもちろん、他の兄弟姉妹に対しても一線を引いた関係だったように思う。双子の姉妹であるヨミとサミは仲が良かったが、他の兄弟姉妹はそれぞれの得意分野が異なっていたため話が合わなかったのだ。

ムツミが気に掛けていたのも当時無能と思われていた末弟のイチハだけだった。あるいは討たれたのがイチハだったなら、ムツミも大泣きに泣けたかもしれない。

そのイチハもフリードニア王国で才を花開かせ、ムツミの手を離れていった。

いまのムツミにとっては、夫であるフウガや彼の配下であるマルムキタンの人たちに囲まれているこの軍こそが居場所だった。

「……さっき元凶と言ったが、やはり裏で糸を引いていたのはチマ公か？」

フウガがそう尋ねるとムツミはコクリと頷《うなず》いた。

「おそらくそうなのでしょう。ただ父にしては詰めが甘い感じがします」

おそらくフウガ暗殺の計画者はムツミの父マシューなのだろう。

しかし詰めの甘さから考えて、マシューも意図していなかったことが起こったのではないか……とムツミは考えていた。

「次兄のナタやゴーシュは自らの力量・技量を過信するところがありましたから。父の意思と反して先走ったのかもしれません」

「そうか……」

「……私って冷たい女ですよね。弟の死を、こんなに冷静に分析してるんですから」

「いや、お前は十分に傷ついているだろう」

そう言うとフウガはムツミの身体をガバッと抱きしめた。

「家族に裏切られたんだ。悲しくないわけがない。それをお前は、そういう家に生まれたのだからしょうがないと自分に言い聞かせているだけだ」

「……旦那様？」

「ああ、俺は旦那様だ。お前の家族だ。……チッ、こういう台詞《せりふ》はソーマ《あいつ》のほうが似合いそうだがなぁ……まぁ今日くらいはいいだろう。お前の家族に対する悲しみも怒りも、お前と夫婦になった俺が受け止めてやる」

ムツミはフウガの胸に顔を埋《うず》めると服をギュッと握りしめた。

「私……父のことが許せません」

「ああ」

「私たちを、家の安定のために利用しておいて、家の安定のために私たちを切り捨てた父のことを、許せません。だ、旦那様の道を阻もうとする、父のことを許せないんです」

「ああ」

「私は！　泣きたいんです！　こんなことになってしまって、本当に！」

「泣けばいいさ。胸に溜《た》め込むことはない」

「うぅ……うわあああああああああ！」

去来する複雑な感情で泣くに泣けなかったムツミだが、ここでようやく泣くことができた。一度堰《せき》が切れた涙は止めどなく流れ出す。

泣きじゃくるムツミを抱きしめながら、フウガの瞳が怒りに燃えた。

(泣かせたな、マシュー・チマ。ムツミを)

ムツミを抱きしめる腕に力がこもった。

(俺の女を泣かせやがって、この代償は高くつくぞ！)

フウガはこの日、マシューを自身の敵として定めた。

◇　◇　◇

——一方その頃。

ガタンッ

「なぜだっ!?」

ゴーシュの死を聞かされたマシュー・チマは政務室にあった椅子を蹴飛ばした。

「なぜ、ゴーシュが死んだ!?」

ちょうどいまゴーシュがフウガの暗殺を図り、返り討ちにあったと聞かされたところだったのだ。取り乱すマシューを冷静な顔で見ていた長子のハシムが尋ねた。

「……父上の策ではなかったのですか?」

「違う! たしかに、反フウガ派の王を集めて会議したとき、遠征からの帰還途中のフウガを襲撃する案についての話はした。魔物たちを駆逐して油断しきっているところなら、あるいはフウガを討ち取ることもできるだろうと」

「……」

「だが、このような粗末なやり方など提案しておらん!」

マシューは手近にあった机を叩いた。

「ゴーシュの能力は暗殺向きだったから、あやつを主軸としたフウガ暗殺計画が話題に出たのは確かだ。しかし、もし討ち漏らせばフウガを過剰に警戒させてしまう可能性が高いとして、実際には否決されたのだ」

「しかし、ゴーシュは暗殺計画を実行した」

「それがわからん! そもそもなぜゴーシュは一人で行ったのだ!?」

ハシムの指摘にマシューは頭を抱えた。

「提案した襲撃計画は一人ではなく、部隊以上の規模で行うというものだった。そのほうが討ち漏らす危険性が下がる。それなのにゴーシュは一人で暗殺を決行した」

「…………」

「それにその場に留《とど》まって討たれたのもおかしい。ゴーシュの長い射程距離を考えれば、一射目の段階ではフウガもゴーシュの姿を見つけられなかったはずだ。一射目が失敗した段階で逃走するか身を隠せば、無事に逃げおおせられたはずなのに」

心底わからないといった表情のマシュー。

そんなマシューにハシムは溜息《ためいき》交じりに言った。

「考えられることは一つでしょう。すべてはゴーシュの独断だった」

「なんだと!?」

「兄弟の中でナタとゴーシュは自分の能力に絶対の自信を持っていました。過信していたと言っていい。そして自分の力を存分に振るい、名を上げる機会を待っていました」

「ま、まさか……」

マシューの目が驚きに見開かれた。ハシムは頷いた。

「おそらくゴーシュは仕えていたガビ国王からフウガの襲撃計画を聞かされたのでしょう。そして自分の弓の腕ならば必ずフウガを討ち取れると思ったのです。……これがゴーシュの独断ならば一人だけで行ったことも頷けます。ゴーシュの性格ならば大勢で行けばそれだけ発見される危険性が高まり、足手まといだと思うでしょうから」

ハシムが溜息交じりに言うと、マシューは驚きであんぐりと口を開けていた。

「そして一射目を外した時点で逃げなかったのは、自分ならフウガが接近してくるまでに何射か放つことができる。そのうち一発でも当たれば良いのだから、自分ならば必ずフウガを討ち取れると思ったのでしょう。それほどまでに自身の力量を過信していた」

「あの馬鹿者め！」

マシューはもう一度机に拳を叩《たた》き付けた。

「己の才を過信しおって！　馬鹿者めが！」

荒れるマシューの姿を、ハシムは冷めた目で見ていた。

（そうなるよう育てたのは父上なのですよ）

口には出さなかったが心の中ではそう侮蔑していた。

（他国に高く評価されようと、父上は必要以上に我ら兄弟姉妹の才を持ち上げた。その結果、武断派のナタやゴーシュは増長し、才なき者を見下すようになった。イチハへの当たりも二人はとくに強かったし、妹たちにも嫌われていた）

ナタやゴーシュは当時は無能だと思われていたイチハを蔑み、苛《いじ》めていた。妹のムツミはそんなイチハを庇《かば》っていたが、ハシムはその諍《いさか》いに興味がなく放置していた。

その後、イチハはフリードニア王国にて非凡なる才を開花させたことで、マシューや諸国連合に所属する君主たちは手放したことを酷《ひど》く後悔していた。

（今回の暴走を考えると、本当に無能なのはどちらだったか明らかだろう）

ハシムはそう考えていると、マシューはハッと顔を上げた。

「まずいぞ。フウガの怒りは私やガビ王国に向く。こうなってはうかうかしていられん。フウガが動き出すよりも早く、反フウガ派を結集しなくては！」

そう言ってマシューは慌ただしく政務室から出て行った。

マシューの背中を見送ったハシムは冷徹な顔で「ふんっ」と鼻を鳴らした。

「軽々に動くなと言ったのに、自らの才を過信してこのザマか」

腕組みをしたハシムはアゴに手をやりながら考えた。

「しかしフウガ・ハーンという男……ゴーシュの魔の手から逃れたか。どんなに優れた者でも天に愛されなければ儚《はかな》く消えるもの。その点、ヤツは天に愛される英雄の素質があると言うことか。それならば……」

ハシムは一人、ニヤリと笑うのだった。

第三章　揺れる諸国連合

——フウガへの暗殺未遂事件を契機にして、東方諸国連合は割れた。

いや、すでにその兆しは見えていたのだが、暗殺未遂事件を契機に反フウガ派は積極的な行動を始めたので、明確に陣営分けされた形になったのだ。

東方諸国連合内のフウガの支持派と反フウガ派の人数差はほぼない。

しかし国家としてみれば反フウガ派のほうが二倍以上多かった。

これは一個人がフウガを支持していたとしても、所属する国の指導者が敵対していた場合には反フウガ派に組み込まれてしまうからだ。

そして自国にフウガを支持する民を多く抱えている国家ほど反フウガ派に与《くみ》する傾向があった。自らの権力基盤が揺らぎ、自国の統治に支障が出るのを嫌がるためだ。

そのため自国が保有する武力や国力に自信がある国家の指導者ほどフウガに敵対的となり、反フウガ派が増える要因にもなっていた。

そんな反フウガ派の中心となっているのが、東方諸国連合内一の大国『シャーン王国』の国王シャムール・シャーン、『チマ公国』のマシュー・チマ、『ガビ王国』のビトー・ガビの三名だった。

とくにシャムールは自国を東方諸国連合内最強の国家だと自認しており、フウガのみの活躍が目立つこの状況を放置できなかったのだ。

これはシャムールのみの意思ではなく、シャーン王国国民の意思でもあった。シャーン王国民もまた東方諸国連合の中心は自分たちであるという自負があり、フウガ派勢力の活躍を快く思っておらず、敵対を決めたシャムールを支持していた。

仮にもしシャムールにフウガと敵対する意思がなかったとしても、下からの突き上げに立たざるを得なかったのではないかと思ってしまうほどだ。

一方、チマ公マシューとガビ王ビトーが積極的に動いているのは、暗殺未遂事件の主犯であるゴーシュ・チマの関係者だったからだ。

マシューはゴーシュの父であるし、ビトーはゴーシュが仕えていた主君だった。

二人は暗殺未遂事件に関与していると思われたのだ。この事件に関して両者は「ゴーシュの独断であり、自分たちは指示を出していない」という声明を出していた。

これはゴーシュの勇み足という意味では真実も含まれていたのだが、フウガが既に二人を敵と見定めている以上、その真偽はすでに問題とされなかった。

フウガとの対決が決定的になって以後、マシューは積極的に動き、これまで作り上げてきた外交網を駆使して反フウガ派を増やし結束を固めていった。

しかし、意外なことにマシューの子供たちが仕官した国家の中で、明確な反フウガ派となった国は次男のナタが仕官したシャムール王国と、三男ゴーシュが仕官していたガビ王国の二国だけだった。

◇◇◇

東方諸国連合の南側。

フリードニア王国の国境線に近くに『ロス王国』という小国があった。

そんなロス王国の主都にある城ではいま、国王ハインラント・ロスが白い顎髭《あごひげ》を撫《な》でながら、隣国であり友好的な関係を築いていた『レムス王国』の若き王ロンバルト・レムスと会談を行っていた。同じ王でもハインラントは温厚そうな君主と言った風体であり、ロンバルトは若々しく未来を感じさせる活気ある若者といった風体だった。

そんな国王二人が着くテーブルに、同席している二人の少女の姿があった。

可愛《かわい》らしい顔立ちをした彼女たちは髪の結びが左右対称になっていること以外、ほとんど同じ見た目をしていた。

ロンバルトの隣に座っているのがヨミ。

優れた魔導士であり、また読書家で知識が豊富な文学少女だ。

ハインラントの隣に座っているのがサミ。

姉と同じく優れた魔導士であり読書家で、また算術に秀でている少女だ。

彼女たちはロンバルトとハインラントが、あの褒賞の場でチマ家から獲得した双子の姉妹だった。姉のヨミはレムス王国への仕官後、ロンバルトからの求婚を受け入れていて、結婚式こそまだだが婚約者となっていた。

妹のサミも子供の居なかったハインラント王に気に入られて養女となっていた。

今日この日、ロンバルトとヨミ、ハインラントとサミは一つのテーブルを囲み、今後のことについて話し合っていた。

「しかし、本当にいいのか？」

ロンバルトがそう切り出した。

「チマ公は反フウガ派だろう。我らが味方をしなくて……」

「「　絶対にダメ　」」

ヨミとサミが声を揃《そろ》えて言ったので、横にいたハインラントも驚き目を瞠《みは》った。

「二人の実家だろう？　葛藤は無いのか？」

「「　葛藤はある。でもダメなの　」」

ヨミとサミはまた声を揃え、真剣な顔で言った。

「ハシム兄様から手紙が来ました」

「手紙には『父の思惑に付き合う必要はない』と書いてあったの。そして」

二人は再び声を揃えて言った。

「「　可能ならばフウガ殿に味方し、最低でも中立でいるように、と　」」

「なんと!?　ハシム殿はフウガ殿を支持しているのか!?」

ロンバルトは驚きの声を上げたが、すぐに頭を左右に振った。

「いやしかし、ハシム殿はチマ公の長子だろう。いまもチマ公と共に行動しているはず。それなのに私たちにフウガ殿に付けと言うとは信じられん」

「ハシム殿はなにか考えがあってのことなのだろうか？」

ハインラントに尋ねられて、ヨミとサミは揃って首を横に振った。

「「わからない」」

「私たち兄弟姉妹の中で最も思慮深いのがハシム兄様」

「考えが読めない。だからこそ恐ろしい人」

ヨミとサミの真剣な眼差《まなざ》しから、ハシムという人物が只者《ただもの》ではないことをロンベルトとハインラントは理解した。その上でハインラントは姉妹に聞きたいことがあった。

「しかし、フウガ殿はサミたちの兄ゴーシュを討ったのだろう？　憎くはないのか？」

「「私たちのことなら気にしないで。あまり仲良くなかったから」」

これもヨミとサミは声を揃えて言った。

「力自慢のナタ兄様とゴーシュ兄様は本の虫だった私たちのことを蔑んでいた」

「それに数学を、陰気な趣味だとバカにした」

「とくに末っ子のイチハにはキツくあたっていた。私たちは兄様たちに関わりたくなくて避けてたけど」

「そんなイチハをムツミ姉様が庇っていた。ムツミ姉様は好き」

「フリードニア王国に行ったイチハ殿か……」

ロンバルトは溜息《ためいき》交じりに言った。

イチハのフリードニア王国での活躍は東方諸国連合へも届いていた。黒衣の宰相と共著で『魔物事典』を記し、魔物研究の第一人者として頭角を現した。

イチハのおかげで魔物の素材なども効率的に有効活用できるようになり、王国にもたらされる利益は計り知れないという。噂《うわさ》なので若干の誇張もあるかもしれないが。

チマ家兄弟姉妹の出来損ないと思われていたイチハが大化けしたことで、あの日、褒賞の場に居た各国の要人たちは歯噛《はが》みすることになった。

「……つくづく惜しい人材が流出したものだ」

「ソーマ王に彼を推挙したのは彼《か》の王の義妹だという。彼女の目を誉《ほ》めるべきだろう」

「『賢狼姫《けんろうき》』トモエ姫の異名に不足なしということか」

二人の王がそんな会話をしていると、ヨミとサミは頬を膨らませた。

「ロン様、私を選んだことを後悔しているの？」

「義父様《とうさま》も、私よりイチハを養子にしたかった？」

プクッとふくれた二人を見て、ロンバルトとハインラントは揃って苦笑した。

「そんなわけないだろう。私の結婚相手はヨミ以外には考えられないからな。もう一度選択の機会が与えられたとしても、私はキミを選ぶだろう」

ロンバルトはそう言ってヨミの肩を抱いた。

「私もだ、サミ。この歳《とし》になって其方《そなた》のような娘ができたことは、生涯随一の幸福だ」

ハインラントもサミの頭を撫でた。

ヨミとサミはアゴの下を撫でられた子猫のような満足げな顔をしていた。しばらくノンビリとした空気が流れたあとで、ロンバルトは意を決したように言った。

「ヨミが許してくれるなら、私はフウガ殿に付きたいと思う。あの御仁は希代の英雄だ。国の王としてより、一人の武人として憧れがある。彼と共に戦いたい」

「許します。ロン様の思うままにしていい」

ヨミがそう言うとロンバルトは「ありがとう」と頷《うなず》いた。一方、

「私は……中立でいたいと思う。反フウガ派の中には付き合いのある家や国も多い。フウガ殿に敵対する気はないが、彼らを攻撃することなどできない。ハハハ……私も歳だな。あと十年も若ければロンバルト殿のような決断もできただろうが……」

ハインラントが自嘲気味に笑うと、サミはそんな彼の手を両手で包んだ。

「いいと思う。義父様《とうさま》のそういうところ、私は好き」

「父様とは違って？」

ヨミが茶化すように言うと、サミは「そういうこと」と笑った。

こうしてロス王国は中立、レムス王国はマルムキタンに与することが決定した。

娘二人が仕官していたにもかかわらず、この二国を味方に付けられなかったことでマシューは酷《ひど》く落胆していたという。

反フウガ派の国家は増やしたものの、身内にはそっぽを向かれることが多かったチマ公は危機感を憶《おぼ》え、最後の子であるイチハにも手紙を出したのだった。

しかし東方諸国連合から王国に行った子供はイチハだけではない。

フウガの妹であるユリガもまた王国へと留学していた。

そんなユリガのもとにフウガは手紙を出していた。

◇　◇　◇

どうも不安定な天気が続いていたこの日。俺はリーシアとハクヤが同席する中、政務室にトモエちゃん、ユリガ、イチハのちびっ子三人組を呼び出した。

ユリガとイチハがそれぞれ、実家から書状が届いたと言ってきたからだ。

フウガの暗殺未遂事件の発生はすでに摑《つか》んではいたけど、詳しい経緯が判明するのは二人から提出された二通の手紙を読み比べてからだった。

まずフウガがユリガに宛てた手紙には、

『チマ公の三男ゴーシュに命を狙われ、返り討ちにした』

……ということが端的に記されていた。そしてユリガに対して、

『近いうちに自分の命を狙ったガビ王国とチマ公国を倒すべく兵を挙げる』

『東方諸国連合は荒れるだろうから絶対に帰国するな』

『王国内部にいる反フウガ派に人質に取られないようソーマに相談して護《まも》ってもらえ』

……と書いていた。

書状を読んだ俺は溜息を吐《つ》きながらユリガを見た。

「事実関係とユリガの安否の心配しか書いてないところがフウガらしいな。普通なら、俺が介入するかどうか探ってきそうなものだけど」

「ソーマ殿に見せるように書いてある手紙でそんなこと書くわけないでしょ。……もし、ソーマ殿が動くようならそれとわからない感じで伝えるつもりだったわ。お兄様も多分それを期待してこんな当たり障りのない手紙を寄越《よこ》したんでしょうし」

「なんだろう、やっぱり私この子嫌いじゃないわね」

堂々と言ってのけるユリガに、リーシアが感心したように言った。

似たタイプだけにシンパシーのようなものを感じているのだろう。リーシアがユリガの立場だったら同じようなことしそうだしな。

「それとなく伝えるって、小豆の袋を両側で縛った物を送ったりとか？」

「？　どういう意味？」

「……いや、こっちの話だ」

信長《のぶなが》の妹である市《いち》姫は金ヶ《かねが》崎《さき》の戦いの前、嫁ぎ先の浅井《あざい》家の裏切りを両側を縛った小豆袋を送ることでこっそり伝えたという伝説がある。まあこっちの世界では小豆袋の隠喩元である小豆坂《あずきざか》の戦いもないので伝わるわけがないか。というか、ユリガを市姫になぞらえるなら、預かってる俺たちはいずれ滅ぼされることになるんだけど……。

俺は気をとりなおすと今度はマシューからイチハに宛てた手紙を読んだ。

そこには『フウガ暗殺事件は功を焦ったゴーシュの暴発である』と書かれていた。

『フウガがこの暗殺事件を口実として、東方諸国連合内の反フウガ派を一掃すべく行動を開始しました。あの男がついに秘めていた野心をむき出しにしたのです』

『諸国連合内一の大国であるシャーン王国を中心として反フウガ派は団結し、諸国連合を呑《の》み込まんとするフウガの野望を打ち砕きます』

『我が軍の総兵力はフウガの支持派の三倍に達している』

……とも書かれていた。

誇張はあるだろうが随分と味方を増やしたものだ。それほどまでにフウガに対して反感や危機感を持っている君主が多かったということなのだろう。

そして手紙の最後には、

『フウガの野望が諸国連合を覆ったとき、いずれはフリードニア王国にも牙をむくことでしょう。フウガはそれほど危険な男なのです』

『諸国連合内からフウガ派を一掃したあとは王国と友好的な同盟を結びたい』

……とも書かれていた。まあ早い話が、

『味方してくれたら嬉《うれ》しいけど、フウガ派には付かないでくれ』

……という感じか。フウガの野望が諸国連合の統一のみで収まるものではないというのは同意だけど……なんだかなぁ。

「これってイチハに宛てた手紙だよな？　子供の心配は無しか」

「……そういう人なんです。父上は」

イチハは溜息交じりにそう言った。するとハクヤは二つの手紙を手に取った。

「二人からの手紙と、こちらで集めていた情報を照らし合わせて大体のことがわかりました。おそらくチマ公とシャムール王は反フウガ派を結集し、密《ひそ》かにフウガを打倒すべく行動を開始していた。しかし、そんな中で功を焦ったチマ公の三男ゴーシュは単独でフウガを暗殺しようと試みるも失敗。逆に返り討ちに遭う。フウガは反フウガ派への報復を決め、チマ公たちは計画を早めなくてはならなくなった……といったところでしょう」

「おそらく、そうなのだろうなぁ」

俺も同意した。想定していたよりも事態の動きが早くて、頭が痛くなった。

ゴーシュとやらは確実に、時代の針を大きく進めてしまったようだ。

「「…………」」

「ユリガちゃん、イチハ……」

トモエちゃんが二人のことを気遣わしげに見ていた。

頭が痛いと言えばこの二人の関係もそうだ。

ユリガの兄であるフウガがイチハの兄であるゴーシュを殺した。

しかしその発端はゴーシュのフウガ暗殺未遂であり、その後ろには想定外ではあるがイチハの父チマ公の思惑がある。そしてイチハが一番慕っているのはフウガの妻となったムツミだ。離縁していないことからムツミはフウガを支持しているのだろう。

……こうして見ると無茶苦茶だな。

家族関係と敵対関係がごちゃ混ぜになっていて、二人も相手に対してどう振る舞っていいのかわからず困惑しているのだろう。

「この国にいるかぎり、俺が二人の安全を保障しよう」

俺が二人に向かってそう言うと、二人はハッとしてこっちを見た。

「イチハには我が国に仕官してもらうことが確定している。ユリガもフウガから預かっている身だ。だからこそ二人の安全には最大限に配慮したいと思う」

「「…………」」

「その上でだ。二人の存念を聞きたい。お互いに敵意や害意はあるのかを」

「僕は……」

さきに口を開いたのはイチハだった。

「フウガ殿を恨む気持ちはないです。ゴーシュ兄さんには優しくされた記憶もありませんから……殺されたと聞いても、どこか余所事《よそごと》のように感じてしまうんです。恨みに思うならむしろ、父上のほうでしょうか。ムツミ姉さんの嫁いだ先を、討伐することを躊躇《ためら》わないなんて……酷すぎますから」

「そうか……ユリガはどうだ？」

「……お兄様を暗殺しようとしたゴーシュやチマ公のことは許せないわ」

腕組みをしながらツンとそっぽを向いてユリガは言った。

「だけど、イチハに対してはなにも思わないわ。お兄様は無事だったわけだし、イチハと仲の良いムツミ義姉様《ねえさま》はお兄様の味方だもの。ゴーシュを殺したお兄様を恨まないというなら、私からとやかく言うことなんてないわ」

ユリガはそんな風に言ったけど、若干強情っぱりな部分が見えた気がした。

「リーシア。いまのユリガの言葉をどういう風に読み解く？」

「自分の兄がイチハの兄を討ってしまって、どういう風に接したらいいかわからなかった。恨みがないと聞けてホッとしている……って、ところかしらね」

「ちょ、ちょっと！」

図星を突かれたのかユリガは真っ赤になっていた。さすがリーシア。似たもの同士、よくわかっていらっしゃる。そんなときだ。

「……良かったぁ」

それまで黙って成り行きを見守っていたトモエちゃんはそう言うと、ポロポロと涙をこぼした。きっと、ユリガとイチハのことをずっと心配していたのだろう。

「ぐすんっ……良かったよぅ……二人が、嫌いあうようなことにならなくて……えぐっ」

「べ、べつに、アンタたちのことを嫌いになんてならないわよ！」

「そ、そうですよ。僕らなら大丈夫ですから、泣かないでください」

泣きじゃくるトモエちゃんをユリガとイチハが狼狽《うろた》えながら慰めていた。

本当に、トモエちゃんは良い友達に巡り会えたよな。

家族として嬉しく思っていると、ハクヤが言った。

「それで陛下。どういたしますか？」

「どうって……当初の方針どおり、王国はこの争いには介入しないよ」

いやでも、それだけじゃあ不十分か。

「ただ、発端となった暗殺未遂事件。これはテロ行為であり非難されるべきだ。テロ行為による情勢の変革は容認できないという声明は出したいと思う」

「大丈夫なの？　フウガ支持派と思われない？」

リーシアが心配そうに言ったけど、俺は「仕方ないさ」と頭を振った。

「今回の事件がテロ行為に端を発している以上、チマ公たちの意思かどうかは知らないけど、ゴーシュの行いを正当化することはできない。たとえフウガの勢力が勝とうが負けようが、その事実が変わることはない」

フウガを恐れてそこをねじ曲げてしまうと、統治に歪《ゆが》みを残すことになるからな。

「そういうことなのだけど、イチハ。いいだろうか？」

「あっ、はい。僕もゴーシュ兄さんの行いは肯定できないと思っています」

イチハの承諾を得られたことで、フリードニア王国は暗殺未遂事件を非難する声明を出すことを決定した。……もしも。

もしもこの後。このフリードニア王国がフウガによって滅ぼされる日が来るとしたら、俺はこの日の選択を後悔するのかもしれない。このときにチマ公たちと一緒にフウガを滅ぼしていれば……なんて、そんなのはまだ可能性の一つに過ぎない。

過去から見れば未来は常に偶然の産物であり、未来から見れば過去はすべて必然の結果のように見えるものだ。

ならば現在は？

そんなの……ただ自分の選択を信じるしかないだろう。

第四章　バラバラな家族

フリードニア王国が暗殺未遂事件を非難する声明を出した。

このことは東方諸国連合内に大きな衝撃を与えることとなった。

フウガ支持派の国々は『フリードニア王国は自分たちの主張こそ正当であると認めたのだ』と喧伝《けんでん》し、さらに飛躍して『ソーマ王はフウガの味方だ』と主張したのだ。

これに対して反フウガ派の国々は『ソーマ王は暗殺未遂事件を非難しているが、どちらかに味方すると立場を表明したわけではない』『フリードニア王国は依然として中立のままだ』と主張した。

この二つの主張のうち、より事実に近いのは反フウガ派の主張だろう。

実際にソーマの出した声明はフウガ自身やフウガ派を直接支持するものではなかったからだ。しかしより効力を持っていたのはフウガ支持派の主張だった。

『ソーマはフウガ支持派だ！』という主張。

『ソーマはフウガ支持派とはかぎらない！』という主張。

この二つの主張のうち、どちらがより言葉に力があるかと言えば前者だ。

前者は解釈に飛躍はあっても言い切っているのだから人の心に届きやすい。

一方で後者は『ソーマはフウガを支持しているわけではない』とは言えても、ソーマの意思が不明な以上『ソーマはフウガを支持していない』とか『ソーマは反フウガ派である』とは言えないからだ。

　この結果はソーマたちも予想していたことだった。

　ソーマの意識の中にはマキャベッリの『中立を選ぶとたいてい失敗する』という思想が根付いており、フウガ相手に中立を選ぶことが躊躇われたからだ。だから迂遠《うえん》な形であってもフウガを支持している（と見られる）ような方法を採用したのだ。

　同時にノートゥン竜騎士王国との同盟関係から、今回の争乱では中立を取らざるを得ないラスタニア王国のユリウスに対しては『いざというときは我が国が保護するので、ティア姫たちを連れてフリードニア王国へと逃げてくるように』という書簡を送っていた。

　フウガを間接的には支持しても警戒は怠っていなかったのだ。

　黒衣の宰相ハクヤはかつて敵対したユリウスを迎え入れることの危険性を訴えたが、これは忠告的な意味合いが強かった。ソーマがユリウスやティア姫を見捨てるといった、ロロアを悲しませるようなことをするとは思えなかったからだ。

　ハクヤもティア姫を丁重に扱っているうちはユリウスに再び野心が芽生えるようなことはないだろうと思っていたのだが、為政者として常に頭の片隅には置いておいてもらうための苦言だった。

　そしてフリードニア王国が暗殺未遂事件を非難する声明を出したことにより、チマ公を中心にした反フウガ派の中立派国家の取り込み工作は停滞することになる。

結局のところ、反フウガ派はフウガ支持派の三倍近い勢力にはなったものの、それ以上の味方を集めることはできなかった。

フリードニア王国の動きはマシューを落胆させるのに十分だった。

チマ公国ウェダン城の政務室でマシューは長男のハシム相手に愚痴っていた。

「ソーマ王も余計なことをしてくれたものだ。こちらにもフウガにも味方しないならば、黙っていてくれれば良いものを。まさか非難声明を出してくるとは」

「落ち着かれよ、父上」

愚痴るマシューをハシムが宥《なだ》めた。

「もともとフリードニア王国が介入してくることには消極的だったはず。ソーマ王がフウガに援軍を出さず、この戦いには介入してこないと確認できたのは大きいでしょう」

「それは、そうだが……」

それでもマシューは納得がいっていないようだった。

「そもそも、他国に譲り渡した子供たちのうち、反フウガ派に与《くみ》したのはナタの行ったシャーン王国と、ゴーシュの行ったガビ王国のみではないか。他はフウガ支持派に与するか中立だ。これではなんのために子供たちを各国に分散させたのか」

「……ゴーシュの勇み足のせいでチマ家に対する目も厳しいですからな。しかし、派遣した国はフウガ派となりましたが、ニケはこの国に戻ってきています」

ハシムがマシューの気を静めるように言った。

たしかにマシューの四男で槍《やり》の扱いに秀でた美少年のニケは、所属していた国がフウガ派になる際に暇を出されてチマ公国へと戻ってきていた。フウガを暗殺しようとしたゴーシュの身内を（フウガの妻の弟とはいえ）抱えているのが怖かったのだろう。

「たった一人猛者が戻ってきただけでは大勢に影響はなかろう」

マシューは肩を落としながら政務机に握った両手を突いた。

「交渉によって反フウガ派の国は増やした。しかし、その国の民一人一人までが反フウガ派となったわけではない。フウガ支持派に合流する者、物資を流す者は身分の上下にかかわらず多い。上から取り締まられても尚《なお》、命懸けでフウガに合力する。まるで狂信者だ。フウガはまさにフウガ教の教祖となってしまった」

「……それがフウガ・ハーンの資質なのでしょう」

ハシムの言葉に、マシューはフンと鼻を鳴らした。

「忌々しいことだ。これでは数を生かして包囲網を結成し、日干しにすることも、物資の流入を制限することもできん。かといって時間を掛ければフウガ支持派に転向する国も増えてくるだろう。……やはり、一度の合戦で決着を付けるよりあるまい」

マシューは背筋を伸ばすと扉に向かって歩き出した。

「幸い兵数はこちらが圧倒的に多い。あとはいかにしてフウガを決戦の場へと誘い出すかだ。城に籠もられて持久戦となっては面倒だからな……」

マシューはぶつくさ言いながら政務室を出て行った。そんなマシューの背中をやれやれと見送ったハシムが溜息《ためいき》を吐《つ》いていると、かわりに線の細い美少年が入ってきた。

「……ニケか」

「兄上。そこでぶつくさ言ってる父上とすれ違いました」

チマ家の四男ニケは愛用の槍を担ぎながらハシムに言った。

「父上はだいぶ焦っているように見えます」

「そうだな。ゴーシュの勇み足で計算が狂ったのだろう」

「そんな父上に……兄上は付き従うのですか？」

ニケに訝《いぶか》しげな目で尋ねられ、ハシムの眉が微《かす》かに動いた。

「……どういう意味だ？」

「このような賭けに付き合うなど兄上らしくないと言っているのです。僕の知っている兄上ならば勝算の薄い、あるいはどちらに転ぶかわからない勝負などはしない人なので」

ニケにそう指摘され、ハシムは肩をすくめた。

「さてな……それを言うならお前もではないか？」

ハシムはニケの目を真《ま》っ直《す》ぐに見つめ返しながら言った。

「お前なら、たとえ主君から暇を出されたとしても、ムツミのところに行くと思ったのだがな。父上よりムツミのほうが好きだろう？」

「まあそうなんですけどね……」

今度はニケが肩をすくめて見せた。

「僕は僕の考えがあってこっちに来たんです。ちゃんと自分の意思で、ね」

「……」

ハシムはしばらくニケを見つめていたが、もともと飄々《ひょうひょう》としたところがあるニケの考えを読み取ることはできなかった。

いや、読み取らせなかったと言ったほうが正確か。ハシムは諦めた。

「……それならばそれでかまわん。ただ手紙に書いたとおり〝軽挙〟は慎め」

「〝わかってますよ〟兄上。それでは」

ニケはそう答えると政務室から出て行った。ウェダン城の廊下を歩きながらニケは小さく溜息を吐いた。ハシムの雰囲気からニケはなにか不穏なものを感じ取っていた。

(兄上はなにか考えているようですよ……ムツミ姉さん)

ハシムが言ったとおり、ニケがチマ家の中で親しみを感じているのはムツミだけだった。

イチハに物心がつき、チマ家の兄弟の中で『無能』のレッテルを貼られるまで、武闘派のナタやゴーシュにいびられるのはニケの役割だった。

そんなニケを庇《かば》ってくれたのがムツミだった。

やがてニケが槍の才に目覚めメキメキと実力を上げてくると、ナタやゴーシュはなにも言わなくなった。代わりにイチハがいびられていたが。

だからニケにはチマ家自体には思い入れは無かった。それなのにチマ家に戻ってきたのは、ムツミからあることを頼まれていたからだった。それはムツミが最愛の夫であるフウガにさえ知らせないまま、ニケに出した秘密の頼み事だった。

（しかし、この家は本当にバラバラだったんだな……）

マシューも、八人の兄弟姉妹も、それぞれの思惑を持って行動しているようだ。

それぞれ独自の判断で行動するほど、心が離れていたのだ。

その結果の一つとして、ゴーシュのフウガ暗殺未遂事件が起こったのだろう。

末弟のイチハにしても、フリードニア王国に居場所を見つけて頭角を現したようだし。

（イチハが王国に行っていて良かった。巻き込まれていたらムツミ姉さんが悲しむ）

兄弟姉妹の中で、ある意味ムツミだけが繋《つな》がりを保とうとしていた。

ニケはその思いにだけは応えたいと思った。

◇◇◇

反フウガ派は一斉に行動を開始した。

まず東方諸国連合の東側の反フウガ派国家を蜂起させた。

フウガ率いる魔王領奪還のための本隊は東方諸国連合の北にあった。その本隊と、フウガの本拠地であるマルムキタンの草原地帯を切り離すために楔《くさび》を打ち込んだのだ。

フウガは直卒の精兵の半数を本国の防衛のために残していた。この精兵を本隊に合流させないことで、フウガの兵力を減少させられると反フウガ派は考えたのだ。

また反フウガ派の作戦参謀であるマシュー・チマは一五四六年に行われたエルフリーデン王国とアミドニア公国の戦争をよく研究していた。

あのときエルフリーデン国王（当時暫定）のソーマ・カズヤは公国の主都ヴァンを先に攻撃する姿勢を見せたことで、アミドニア公王ガイウス八世率いる公国軍本隊を自分たちに有利な地点まで誘い出し、撃破することに成功している。

マシューはこの事例を参考にすることにした。

フウガの本拠である草原地帯を餌にすることによって、フウガに籠城という手段を採らせず、兵力的に有利なうちに、有利な地点での短期決戦を狙ったのだ。

フウガの支持派は各国に分散・潜伏しており、包囲によるフウガ派への物資供給の遮断は事実上不可能であり、時を掛ければさらにフウガ派に転向する国が増えかねないため、速戦即決が求められていたためだ。

実際にフウガ率いる軍団は、マルムキタンを目指して行軍を開始したとの報告も入っていた。シャーン王国を中心とした反フウガ派が防衛戦を築いている穀倉地帯『セバル平原』へと。この地は反フウガ派の一国であるガビ王国の一部であった。

それはまさに虎が幾重にも仕掛けられた罠《わな》に向かっているかのようだった。

そんなフウガとの決戦が間近に迫る中。

セバル平原を見下ろす位置に建てられたガビ城の中で、マシューは自身に割り当てられた部屋で一人酒を飲んでいた。そんなマシューのもとに四男のニケが訪ねてきた。

槍を背負って入ってきたニケはマシューの手にあるグラスを見て眉根を寄せた。

「父上……こんなときにお酒ですか？」

「こんなときだからこそだ。打てる手はすでに打ち尽くした。あとは天がどちらに味方するかを待つのみよ。ただ待つくらいなら酒でも飲んでいるにかぎる」

落ち着いた声でそう言うマシューに、ニケは違和感を憶《おぼ》えた。

最近のマシューは喜怒哀楽が激しくなっているように見えたのに、いまはやたらと落ち着いているように見える。フウガとの戦いを前にもっと興奮しているか、あるいは焦りを見せているかと思った。酒に逃げているという感じでもない。

そのことにニケの胸はざわつき、思わず拳を握った。

「フウガとの……ムツミ姉さんの夫との戦いを前に、なにも思わないのですか？」

ニケはわずかに怒りの滲《にじ》む声でそう尋ねた。

しかしマシューの顔色は少しも変わらなかった。

「そのような躊躇《ためら》いはとうの昔に枯れ果てたわ」

マシューは穏やかな口調で言いながらグラスの赤い葡萄酒《ぶどうしゅ》を眺めた。

「我が国の、我が家の歴史を思い返してみよ。いくつもの国が興り、滅び去っていくこの地にて、小国である我が国があらゆる手管を駆使して独立を維持してきたのはなんのためか。それは偏《ひとえ》に家を、血を繋いでいくためだ。このチマ家の独立を維持するために、ときには親族で敵対しながらもな。どちらかが生き残ればいいと」

「……………」

「親族同士で戦い、戦後は勝った方が負けた方の助命を願い、それが許されなければ切り捨てる。……そういった犠牲の上に立っているのだ。お前も、私もな」

マシューの語る言葉に、ニケは足下が不安定になったような気がした。

(気圧《けお》されている？　僕が、父上に？)

武力ならばとうの昔に父を抜き去っているという自負がニケにはあった。

実際にいまここで二人が戦えば、勝つのはニケの方だろう。

マシューには万に一つの勝ち目だってないはずだ。だというのに、決してマシューが語気を強めているわけでもないのに、ニケはマシューの言葉に呑《の》まれていた。

「……それで、今度は父上と姉上が戦う番ということですか？」

ニケはなんとかそう言葉を絞り出した。

まるで拗《す》ねた子供のような声だ、と当のニケ自身が思った。

するとマシューは自嘲気味に笑った。

「ゴーシュの暴走があった以上、こうなることは避けられんよ」

「そのゴーシュ兄さんの暴走も父上のせいなのでは？」

「血を残すため、お前たちを各国に分散させるために、その才能を喧伝《けんでん》しすぎた。あれに身を滅ぼすほどの自信を植え付けてしまったのは、たしかに私の失策だった」

そんな他人事《ひとごと》のように、という言葉がニケの口から出かかった。

それでも実際に発せられることはなかった。

そんなことはマシューにもわかっているだろう。そのことをマシューとの会話の中で思い知らされていた。この家はそうやって国と血を繋いできたのだと。

「……」

「この戦で我らが勝てば、チマ家で失われるのは最悪でもムツミだけだ」

なにも言えなくなったニケにマシューは言った。

「ヨミが王と婚約したレムス王国はフウガ派だが、フウガの本隊ともマルムキタンとも離れているため、自国の防衛に徹することだろう。この戦に直接は関われん。ムツミにしても戦場で死ななければ、戦後に助命もできよう」

「……ムツミ姉さんの気性から言って、最後までフウガに付き従うと思いますが」

「それはあれの選択次第だ。それでも生を望むなら救いようはある」

「……」

「逆に、もしもこちらが敗れるならば、死ぬのは私だけでいい」

「なっ!?」

ニケは驚きに目を見開いた。一方のマシューは穏やかな口調のままだった。

「すべての罪も責任も私にかぶせてしまえ。ただ父に従っただけだと答えれば、ムツミが助命を嘆願するだろう。ハシムなどはだいぶフウガを評価しているようだからな。うまくチマ家をまとめることができるだろう」

「父上！　なにを言っているのですか！」

自分の命の扱いが軽すぎる。それではまるで勝敗に興味がないようではないか。

ニケがそう指摘するとマシューは小さく笑った。

「私は一族がこれまでしてきたことをするだけだ。少なくとも血は残る」

そう言うとマシューは葡萄酒を飲み干した。

「あのフウガという男はすべてを巻き込む。我が一族が築き上げてきた繋がりをすべて破壊し、呑み込むことだろう。一度ヤツに味方すれば我ら一族すべての命運を握られることになる。私はチマ家の長としてそれが耐えられなかった」

「父上……」

「……そう考えてみれば、イチハが王国へ行ってくれたのは天佑《てんゆう》だったのかもしれん。これからどんなに東方諸国連合内が乱れようとも、血は残るのだからな」

「天佑など……父上らしくありませんよ」

もっと計算尽くの人だったはずだ。あらゆる事態を想定して、どんな手を使ってでも最悪の事態を避けるのがマシューの……チマ家の処世術だったはずだ。これではまるで自分の死は最悪の事態ではないと言っているようではないか。

「まさか……父上は……」

ニケがなにかを言いかけるとマシューはククと笑った。

「そうかもしれんな。だからまぁニケよ。命は無駄にするなよ」

「……その言葉はもっと早く、もっと別な形で聞きたかったですよ」

ニケはマシューの顔を見ていられなくて……いや、もしかしたら顔向けできなかったのかも知れない。父親から背を向けるようにニケは踵《きびす》を返した。

「多分、父上の心情を一番理解しているのはムツミ姉さんでしょうね。だからこそ……二人には敵対してほしくありませんでした」

「……そうか」

「言われるまでもなく、命を無駄にはしませんよ。僕は……僕の意思で行動します」

そう言うとニケはマシューの部屋から出て行った。

部屋に再び一人となったマシューは空になったグラスに再び酒を注ぎ、チビチビと飲むのだった。

第五章　セバル平原の戦い

——大陸暦一五四九年六月十五日

この日、フウガの軍勢七千は街道沿いに、ガビ王国の一部である周囲を山に囲まれた穀倉地帯『セバル平原』へと入ってきた。

このセバル平原と平原を見下ろす位置にガビ王の居城『ガビ城』がある。

セバル平原を通り過ぎれば、フウガ支持派と反フウガ派が入り乱れる地域が続く。反フウガ派の軍勢が大規模に集結できるような場所はなく、反フウガ派としてはなんとしても、この地でフウガの軍勢と決戦に持ち込みたかった。逆にフウガ軍はこの平原さえ通り抜けてしまえば無事に本国の兵と合流できるということでもある。

そのため反フウガ派の連合軍（以後『連合軍』と呼称）は一足早くこの地に陣取り、フウガの軍勢を待ち受けていた。

連合軍は魔浪《まなみ》のときにマルムキタン兵の精強ぶりを見せつけられており、個別に襲いかかっても各個撃破されるだけだろうと考えたのだ。そのため道中では余計な足止めは行わず、このセバル平原に戦力を集中させフウガの本隊を待ち受けた。

フウガたちもそのことはわかっていたのだが、自分に反発する者たちを一息に殲滅《せんめつ》するのに良い機会だと、敢《あ》えて罠の中へと飛び込んで行ったのだ。

図らずも両軍においてここが決戦の地であるという認識は一致していた。

◇◇◇

まずフウガはセバル平原への入り口にあるセバル砦《とりで》の攻略を命じた。

「時はかけられん。総攻めで一息に落とすぞ。モウメイ！」

「はっ、ここに居《お》ります」

「歩兵隊を率いて一息に駆け上がれ！」

「承知いたしました！　行くぞー！」

大槌《おおつち》を持った巨漢モウメイがソウゲンヤクに乗ってドシドシと駆け出すと、歩兵たちもその後を追って駆けていった。それを見送ったフウガは残った者たちにも命じた。

「シュウキンとガテンの騎兵隊は動き回って敵を攪乱《かくらん》しろ！　カセン率いる弓兵隊は各軍の援護を！　あのような砦では籠もれる兵数も高が知れている。一息に踏み潰せ！」

「「「はっ」」」

フウガの号令を受けて諸将は動き出した。

シュウキンとガテンの騎兵隊が砦を周回して防衛人数の少なそうな地点に接近する素振りを見せ、敵の守備兵を分散させていく。またそれを射ようと身を乗り出した敵弓兵を、カセン率いる弓兵隊が射落としていく。そうすることで正面から攻めているモウメイ率いる歩兵隊にかかる敵の圧力が減少していた。

「好機！　行くぞ！」

モウメイは盾を構えて砦から降り注ぐ矢を防ぎながら、歩兵隊と共に正面の門の前へと辿《たど》り着いた。モウメイはソウゲンヤクから降りると手にした大槌を大きく振りかぶり、極太な丸太を束ねた門に向かって一気にフルスイングしてぶち当てた。

「どりゃあああ！」

ドバキッ、と大きな音が鳴り、丸太の二本がへし折れて門に隙間ができた。

「まだまだぁ、やらいでかぁ！」

二発、三発と当てる内に、その隙間はどんどん大きくなっていく。

それを見ていた守備隊の隊長はこれ以上の抗戦は不可能と判断した。

「もうもたんか……総員、退《ひ》け！　退けぇ！」

守備兵は四方の壁から縄ばしごやロープを下ろすと、蜘蛛《くも》の子を散らすように逃げていった。五百の守備兵が籠もっていたセバル砦だが、七千の軍に抗しきれるわけもない。またチマ公からもフウガの軍勢を誘い込むために早々に放棄するよう命じられていた。そのためこの守備隊は、ろくな抵抗もしないまま砦を放棄したのだ。

フウガは大した損害もなく入れたこの砦に五百の兵と、フウガを暗殺未遂から守ったときの傷がまだ完治していない将ガイフクを入れて守らせた。

こうして前哨戦《ぜんしょうせん》はフウガ軍の勝利となった。

◇◇◇

軍勢を整えたフウガ軍六千五百はセバル平原へと入っていった。

「暑いな……」

そんなフウガはドゥルガに跨《また》がり軍勢と共に街道を進みながらそう呟《つぶや》いた。

「この平原に入ってから急に蒸し暑くなったような気がする」

「こういう周囲を山に囲まれた盆地はこんなものですよ」

隣を馬に乗って進むムツミが山々を指差しながら言った。

「山から熱い風が吹いてきますからね。平原の多いマルムキタンではまずお目にかかれない地形ですが」

「たしかに慣れないな。石だらけの砂漠地帯も暑くて滅入《めい》ったが、このジトジトした暑さのほうが苦手だ。砂漠のカラッとした空気が恋しくなるぜ」

襟元を開いて空気を送り込みながらぼやくフウガを見て、ムツミはクスリと笑った。

「あら、千の兵も恐れない旦那様がこの程度の暑さごときに弱音を吐くのですか」

「ハッハッハ、まあ腕力で天気は変えられないからな」

「……お二人とも、もう少し危機感を持たれたらどうですか？」

決戦の地にいるにもかかわらず談笑するフウガとムツミに、テムズボックを寄せてきたシュウキンが苦言を呈した。シュウキンは軍勢が進む街道の先を指差した。

「遠目に見てもわかります。敵は迎え撃つ気満々のようですよ」

街道の先には反フウガ派連合軍の軍勢の旗が林立しているのが見えた。

ざっと見ただけでも一万～一万五千ほどはいるだろう。

フウガたちのことを手ぐすね引いて待っているのだ。

フウガの軍勢がガビ城を抜けて本国の精兵たちと合流すれば、容易には討ち果たすことのできない勢力になってしまう。そうなればフウガ支持派の国家の援軍を受けて、東方諸国連合の東側から反フウガ派国家を食い散らかしていくことだろう。

そのため連合軍の勝利条件は『フウガ軍にガビ城を抜かせないこと』だった。

たとえフウガの逃走を許したとしても、フウガ軍を北へと追い返せるならばフウガ支持派の勢いは低下することだろう。フウガを英雄視している者たちも一度手ひどい敗北を喫すれば、幻想から抜け出してフウガのもとから離れるかもしれない。

そうなればあとはチマ公の独壇場だ。

あらゆる外交手段を駆使してフウガ支持派を瓦解させることだろう。

一方で連合軍の考える〝フウガ支持派の勝利条件〟は『なにがなんでもガビ城を抜き、フウガを本国へと帰還させること』だった。

この戦いで必ずしも連合軍を殲滅する必要はないのだ。

連合軍の包囲網をフウガが突破さえしてしまえば、長い目で見れば勝利を摑《つか》むことができる。寡兵であるフウガ軍はこの勝利条件に向けて、遮二無二中央突破を図るのだろうと連合軍の者たちは思っていた。

そのため連合軍はかき集めた総兵力一万四千（ゼムからの傭兵《ようへい》を含む）の軍勢のうち、中央に六千を配置してセバル平原の出口を塞ぎ、左右に四千ずつ配備して、やって来たフウガ軍を包囲できるよう布陣していた。

中央に突っ込んで来るであろうフウガ軍を受け止めつつ、左右から包囲して突き崩そうという意図が見て取れた。

定石通りの戦ならば、きっとそのように推移していたことだろう。

しかし型にはめられるのを嫌うフウガが定石通りの戦を行うわけがなかった。

連合軍はフウガの考えを読み違えていた。

フウガはサッと腕を振ると命じた。

「右翼、左翼に千ずつ配置しろ。それぞれ敵左翼、敵右翼に当たらせる。右翼の指揮はシュウキンとガテン、左翼の指揮はモウメイとカセンに任せる」

寡兵ならば戦力を集中させるのが定石だ。しかし、フウガの採用した布陣はまるで反フウガ派の布陣に真っ向から張り合うかのような布陣だった。

◇◇◇

「奴《やつ》ら、正気か!?」

遠くでフウガ軍が布陣する様子を、連合軍の本陣で見ていたシャーン王国の国王シャムール・シャーンは呆気《あっけ》にとられたように言った。シャーン王国は連合軍内の最大戦力であることから、シャムールはこの連合軍の総大将となっていた。

「我らが軍の半数ほどの数で、我らと真っ向勝負を挑もうというのか？」

「それほどまでに奴らは自軍の精強さに自信があるのでしょうか？」

連合軍の副大将となっているガビ王が首を傾《かし》げると、シャムールは吐き捨てた。

「いや、奴らの軍こそ混成部隊のはずだ。フウガ自身の兵など二千にも満たなかろう。あとは傭兵や義勇軍や難民兵のはず。それで我らに真っ向から挑もうとは舐《な》めておるな」

「落ち着かれよシャーン王。ガビ王も」

二人の傍《そば》にいたチマ公マシューが宥《なだ》めるように言った。

マシューはこの連合軍の参謀として、シャムールの近くにいたのだ。

マシューはフウガ軍の両翼を指差した。

「見たところ、左右に千ずつ切り離したとはいえ、中央には四千以上の兵が残っています。我らの中央の兵数は六千。おそらくフウガは二千の兵を盾にして両翼から包囲させるのを防ぎ、その間に兵数差の少ない中央の六千を抜こうというのではないでしょうか」

「なるほど。両翼の軍は捨て石ということですか」

ガビ王がそう返すとマシューは頷《うなず》いた。

「非情な策ですが有効かと。フウガ軍は本隊さえ抜けばいいのですからな」

「それにフウガのために捨て石になりたがる狂信者どもも多い、か。ふむ……フウガ軍の突破力は目を瞠《みは》るものがあるからな」

シャムールは魔浪《まなみ》の時に、魔物の群れを何度も引き裂いたマルムキタン兵の突撃を思い出した。あれを真っ正面から受け止めると味方にもかなりの被害が出るだろう。

アゴ髭《ひげ》を扱《しご》きながら思案していたシャムールはやがて決断した。

「よし、左右の軍から千ずつ呼び戻して中央を厚くしよう。万が一にもフウガを抜かせるわけにはいかないからな」

「それがよろしいかと」

マシューも頷いた。こうして両軍の決戦の布陣は決まったのだった。

◇◇◇

「掛かれえええ！」

「「おおおおおおおおお！」」

ついにフウガ軍と連合軍が激突した。

連合軍の首脳陣は、寡兵であるフウガ軍は戦力を中央に集めて、連合軍の中央を強行突破してくるだろうと考えた。フウガ軍中央の四千五百が連合軍中央の八千に対して遮二無二突っ込んでくるのだろうと予想し、中央の守りを厚くして備えた。

しかし、そんな連合軍の予想に反してフウガ軍中央四千五百の進軍は両翼の千に比べて進軍が遅く、むしろ連合軍中央の陣の前で足を止めた。

そして戦の定石通りまずは弓矢や魔法で遠距離から攻撃し始めた。

連合軍の陣に突撃を掛ける隊など一隊たりとも存在せず、同じく弓矢や魔法で応戦する連合軍との間で撃ち合いとなっていた。

その光景を連合軍本陣から見ていたシャムールとマシューは訝《いぶか》しんだ。

「どういうことだ？　ヤツら中央突破が狙いではないのか？」

「完全に足が止まっていますな。定石通りではありますが……」

「数で劣っているのに真っ向勝負など正気とも思えんな」

シャムールの言葉にマシューは頷いた。

「ええ。マルムキタンの強みは草原の遊牧民族としての機動力と突破力にあります。魔浪《まなみ》のときに見たマルムキタン兵の突撃の恐ろしさは記憶に新しいですからな。だからこそ備えは十分にしておいたのですが……」

そう言ってマシューは本陣に設置されている対空連弩砲《れんどほう》を見た。

フウガ軍の突撃に備えてガビ城に設置されていたものを運び込んだのだ。

フウガの蛮勇とも言える勇猛さを思えば、飛虎ドゥルガに乗って単騎で切り込んでくることも十分に考えられたからで、そのための備えだった。

そこまで周到に準備していたというのに、フウガ軍の突撃はなくマシューたちは肩すかしを食らったような形になっていた。

「……どうやらフウガ軍は中央に主力を配置してはいないようだ」

シャムールはそう言うと左側の戦場を指差した。

そこではフウガ軍の右翼の一千と連合軍左翼の三千が戦っていた。

兵数に三倍の差があるにもかかわらず、フウガ軍は連合軍を押さえ込んでいた。

また目を凝らしてみると、その戦場をピョンピョンとノミのように飛び跳ねているものが見えた。マルムキタンの跳躍騎兵だ。

「跳躍騎兵があれだけ見えるということは、あの千はフウガ軍の主力ということだろう。そして……ここからでは遠すぎて見えないが、右側の戦場でも我らが軍の進撃は止まっている。

「……フウガは主力を両翼に分けて配置したということだろうな」

マシューの言葉にシャムールは頷き、自分のアゴ髭を扱いた。

「ヤツらの狙いは中央突破ではなかったのか……我らの両翼を打ち破って三方から包囲するつもりか、あるいは両翼の軍のどちらかを打ち破って横撃するつもりなのか……」

「横撃のほうが可能性は高いですが……だとしたら両翼のどちらかに戦力を集中させるでしょう。私ならばそうします。包囲や横撃を狙うならばいかに素早く相手を打ち破るかにかかっていますから」

「そうだな。時間を掛ければ中央から援軍が派遣されるからな。……よし、中央軍の後方にいる部隊に伝えよ！」

シャムールは部下に命じて遠距離合戦が続いているせいで中央で遊軍になっている兵たちのうち、一千ずつを左右の戦場へと援軍に向かわせた。フウガの精兵が中央の軍にはいないとわかった以上、自軍中央を必要以上に厚くしておく意味も無かったからだ。

それを見てマシューはふむとアゴに手を当てた。

「もしやフウガの狙いは……今日は両翼を攻めて我らの中央の軍を薄くし、明日以降、我らがまた両翼に主力がいるとの先入観を持ち、両翼の備えを厚くし中央が薄くなったところを、中央に精兵を配置して一気に突破するつもりなのかもしれません」

「ふむ……それならば今日と同じように油断なく兵を配すればいいだけのこと。面倒なのはそれ以外の策があったときだな」

そう言うとシャムールは背後にあるガビ城のほうを見た。

「いま、ガビ城には守備兵はほとんどいないだろう。たしかフウガはセバル平原入り口にある砦《とりで》に五百の兵をいれていたよな。あの五百を密《ひそ》かに動かしてガビ城を落とすという策はどうだ？」

「ガビ城を狙ってくれるなら……楽ですな」

マシューは苦笑しながら言った。

「いっそフウガ軍全軍をガビ城に入れてしまいましょう」

「なんだと!?」

「ガビ城の守備兵には、城が敵の手に渡りそうになったら兵糧庫に火を掛けるよう言ってあります。ここは彼の軍にとっては敵地。補給もままならず、援軍も来ないこの地で籠城したところで、どれほど持ちこたえられましょうや。逆に我らは城を失ってもセバル平原南東出口に陣取っているかぎり補給は受け続けられます」

「なるほど。それならばくれてやったほうが楽だな」

シャムールは愉快そうに腰の剣を叩《たた》いた。マシューはさらに苦笑した。

「まあフウガ・ハーンという男は野性的というか、危険に対して鼻が利くようなので、そのような罠《わな》にはかからないとは思いますがね。やはり油断を誘っての中央突破が妥当なところかと」

「……ならば今日は持久戦だな。面倒なことよ」

そして二人は膠着《こうちゃく》する戦場を眺めていた。

◇◇◇

シャムールとマシューが見つめていた南西側の戦場では、フウガ配下の将シュウキンとガテンが、跳躍騎兵と共にテムズボックを駆って暴れ回っていた。

文句なく知勇兼備の将であるシュウキンに対して、ガテンはやや軽薄で目立ちたがり屋な面があったが、苦境にあって機転が利き、柔軟な思考を持つ良将だった。

「はあああ！」

跳び上がったテムズボックが着地すると同時に、ガテンは両手の鉄を編んだ鞭《むち》をしならせ、ある者の首に巻き付けて首の骨をへし折り、ある者の鞭の先で喉元を貫く。その千変万化の戦い方とヒュンヒュンと唸《うな》る鞭の音が周囲の兵たちを怯《おび》えさせていた。

「おやおや誰も近づいて来ないのか？　フウガ様に牙をむいたのだ。連合軍にはどれだけ肝の据わった将が揃《そろ》っているのかと期待していたのだがなぁ！」

ガテンは挑発したが、連合軍の兵たちは怯えて鞭の間合いに近づこうとはしなかった。

「やれやれ……相手にしがいのない者たちだ。さてと……」

自分に向かってくる敵がいなくなったことを確認すると、ガテンはキョロキョロと周囲を見回した。すると少し離れた場所で、敵の騎兵の腕を剣で切り飛ばし喉元を貫いたシュウキンの姿があった。ガテンは彼のもとへと駆け寄った。

「留《とど》まりながら戦うというのは中々焦《じ》れったいよなぁ。そうは思わないかい？　我らが殿の右腕シュウキン殿」

「ガテン。戦場では無駄口を叩くな」

シュウキンは一瞥《いちべつ》もくれることなく言うと、ガテンは肩をすくめた。

「べつにいいでしょう、余裕なんだし。こんな騎兵五百、跳躍騎兵五百の混成部隊じゃなくて、いまは北側の戦場で戦っているだろうモウメイやカセンを呼んで跳躍騎兵千騎を集めれば、この程度の兵など簡単に突破できるだろうに」

「……足止めしろ、というのがフウガ様の命令だからな」

近寄ってきた敵兵に剣を振り下ろしながらシュウキンは言った。

「フウガ様には何か考えがあってのことなのだろう。我らは殿を信じ、己《おの》が武を振るうだけだ。違うか？」

「……まあ、それはそうなんですがね、っと」

ガテンも鞭を振るいながら言った。ズダンッ、と下から撥《は》ね上げるような軌道で飛んできた鞭が、敵の歩兵を三人ほどまとめて弾《はじ》き飛ばした。

そして戻ってきた鞭の先をキャッチしながらガテンはククク笑った。

「俺としては、我らが殿がこのような緻密な采配を振るうようになったのが驚きなんですよ。悪童だった時分から、突撃して踏み潰すほうが得意でしょうに」

「……それだけではダメだと思われたのではないか？　フウガ様……フウガ・ハーンはこのような国内の小規模な権力争いよりも、もっと遠い天下を見ているのだろう」

そう言うとシュウキンは砂埃《すなぼこり》が舞い上がった黄色い空を見た。

これからフウガはどこまで登って行くのだろう。

どこだっていい。どこまでもいい。

どこへだって付いていきたい。フウガと一緒に夢を追いかけたい。

それはフウガの配下全員の願いだった。

——そのときだった。

ガテンは咄嗟《とっさ》にテムズボックを跳ねさせた。

すると先程までガテンがいた地点に生い茂っていた背の高い草が、一瞬にして高さを半分以下に刈り揃えられていた。もしあのまま地上に居たらガテンの足はテムズボックの下半分と一緒に刈り取られていたことだろう。

シュウキンとガテンが驚いていると、

「おうおう！　よくかわしたじゃねぇか！」

警戒する二人のもとに、巨大な大斧《おおおの》を担いだ大男がノシノシと歩いてきた。

「さすがフウガの将だ。よく訓練されてやがる」

「……貴様、何者だ？」

「俺はシャーン王国の将でナタ・チマだ」

シュウキンの問いかけに、大斧を担いだ大男はそう名乗った。

彼はチマ家の次男ナタだ。

長男のハシムよりも若いはずなのだが、その厳《いか》つい風貌のせいで二十代半ばのハシムよりも歳上《としうえ》に見えた。ナタは大斧を担ぎ上げながら二人を品定めするように見た。

「中央の気の抜けた戦いっぷりを見るに、フウガはいないようだったからな。こっちに来れば戦えるかと思ったんだが……いねぇのか？」

「貴様のような男に教えるわけがなかろう！」

ガテンはテムズボックを駆って大きく跳躍した。

そして両手の鞭を振るい、ナタの首を左右から突き刺そうとした。しかしナタは大斧を地面に落とし、空いた手で跳んで来た鞭の先を二つとも摑《つか》んだ。

「なにっ⁉」

これにはガテンも驚きの声を上げた。ナタはニヤリと笑うと、

「面白い芸当だが、来るとわかってればなぁ！」

ナタは摑んだ鞭の先を引っ張り、ハンマー投げのように身体《からだ》を捻《ひね》ってぶん投げた。ガテンはテムズボック共々投げ飛ばされたが、途中で鞭を手放し、手綱を捌《さば》くことによってなんとか地面へと着地した。

「ぐっ……馬鹿力め」

大の男を騎獣ごと投げ飛ばすナタの剛力にガテンは舌を巻いた。そんなガテンにトドメを刺すべく、再び大斧を担ぎ上げたナタが走り出そうとした、そのとき、

「はっ！」

「ぐっ」

ナタの意表を突くように、シュウキンが真《ま》っ直《す》ぐに突っ込んできた。

シュウキンの剣による胴を薙《な》ぐ一撃を、ナタは斧の柄を使って受け止めた。ガキンッと大きな金属音が響き渡った。

「くっ、邪魔するんじゃねぇ！」

「うおっ」

ナタは斧を力任せに振るい、テムズボックごとシュウキンを数メートル先へと弾き飛ばした。シュウキンは空中で体勢を立て直し、テムズボックを着地させた。

そんなシュウキンのもとに鞭を拾いあげたガテンが駆け寄ってきた。

「とんでもない剛力の持ち主だな」

「ああ。うちでアレと力比べできるのはモウメイくらいだろう」

「厄介だな……二人がかりでとっとと仕留めるか。俺が隙を作るから……」

「待て、ガテン」

再び駆け出そうとするガテンを、シュウキンは剣を伸ばして制止した。

「我らの任務はこの戦場を膠着させることにある。こんな蛮勇を相手にしている時間はない。捨て置いて別の場所へと向かおう」

「シュウキンっ、しかし……」

「おいおい逃げるのか？　フウガの配下ともあろうものが」

ナタがそう挑発したがシュウキンは取り合わなかった。

「お前の強さはわかった。たしかに人並み外れた膂力《りょりょく》だが……それでも我らが殿には遠く及ばないだろう」

「なんだと？」

ナタは立腹しているようだったがシュウキンは感じていた。

たとえこの男がフウガの前に立ったとしても、フウガはソーマ王ほど危険視はしないだろう。所詮武勇に頼るだけのわかりやすい強さだったからだ。

「行くぞ、ガテン！」

「おう！」

二人はナタを放っておいて、次の苦戦している地点へと駆けて行った。

「なっ……くそう！」

取り残される形になったナタは歯を食いしばると、腹いせのように地面に向かって大斧を叩き付けた。戦場の一角に深々とした溝が刻まれることとなった。

◇◇◇

一方その頃。

「無理攻めはするな！　着実に戦線を押し上げていけ！」

中央の軍ではチマ家の長男ハシムが堅実な采配を振るっていた。

そんな彼のもとに四男のニケがやってきて話しかけた。

「……ハシム兄上。ナタ兄上が勝手に左の戦場へと向かってしまったようです」

「放っておけ。バカは死なねばならんからな」

「…………」

こうして一日目の戦いはそれぞれの思惑を秘めながら膠着し、決着が付かず、夕暮れと共に両軍は互いの陣地へと引き上げていった。

◇　◇　◇

その日の夜。

セバル平原での一日目の戦いが終了したあとで、反フウガ連合軍の総大将であるシャーン王シャムールは本陣に諸将を招いて軍議を行っていた。

その中には参謀役であるチマ公マシューやガビ王の姿もあった。

「両翼の軍の損害が大きい」

諸将が囲む台の上に広げられたセバル平原の地図に配置された、連合軍の両翼の部隊を表す駒を指し示しながらシャムールは言った。

「やはりフウガは両翼に主力を配していたようだ。増援を送ってからは押し返したが、それまでにかなりの数の死傷者が出てしまった」

「ふんっ、忌々しいことですな」

「ですがその分、フウガの主力も削れたことでしょう。損害の多寡を比べれば、たしかに我らが軍のほうが多いでしょう。しかし地の利は我らにあります」

ガビ王が吐き捨てた言葉に対して、マシューが穏やかな声で言った。

「ここはガビ王国。我らは負傷兵を後方に下げて回復を待ち、新たな兵を補充することができます。しかしフウガ軍は我らがセバル平原の南東の出口を塞いでいるかぎり、本国と連絡が取れませんし、負傷兵を休ませることも兵を補充することもできません」

「ふむ……たしかに、相手に増援はないわけだしな」

シャムールの言葉にマシューは頷《うなず》いた。

「はい。そしていまフウガ軍の中核を担っているのはその主力であるフウガ直卒の部隊です。これは削られればすぐに替わりを育成できるようなものではありません。今日のような戦いを繰り返せばフウガ軍はますますジリ貧になることでしょう」

「「「おおお　」」」

マシューの説明に諸将は感嘆の声を漏らした。自軍の有利を理解し溜飲《りゅういん》の下がったシャムールは、ドカッと床机に腰を下ろすとその太い腕を組んで唸った。

「我が軍の優位は理解したが、それならばなぜ、フウガはこのような戦い方をしているのだ？　これでは消耗戦だ」

「左様。兵力で劣るフウガ軍がこのような戦い方をするのが解せませぬ」

諸将からもそのような声が上がり、マシューは顎に手を当てて思案顔になった。

「私もそれを疑問に思っていました。彼の軍の行動を合理的に考えるならば、我らが『今日もまたフウガは両翼に主力を配しているだろう』と思い込み、最初から両翼に戦力を集中させて中央が薄くなった機を見計らい、逆に中央に主力を配して一気に我らの中央を突破する……といったところでしょうが……」

「ふむ。それならば今日と同じような戦い方を繰り返せばよかろう」

シャムールの言葉に、マシューは「そのとおりです」と頷いた。

「フウガが主力をどこに配しているかを常に意識し、そこに向かって適切に兵を集中させるようにすれば問題ないでしょう。…………ただ」

「ただ、なんだ？」

歯切れの悪いマシューの言い方にシャムールが尋ねた。

マシューは少し迷っていたようだったが、意を決したように言った。

「ただ……これはフウガ好みの戦ではないな、と」

フウガはそもそも駆け引きを好むような男ではない。

眼前に立ち塞がるならばどこの誰であろうと、どんな強大な相手であろうと踏み潰し、突き進む男だ。そしてフウガのその姿勢はフウガ軍そのものの姿勢でもある。

このような部隊配置に頭を使うようなやり方を、果たしてフウガが採用するのかという疑問がマシューにはあった。

「難民たちに持ち上げられ、大軍を率いるようになり、将として変化したのではないか？

まったく、賢《さか》しらなことだが」

シャムールが吐き捨てるように言うと、マシューも「そうですね……」と頷いた。

「ともかく、フウガがこのまま消耗戦に付き合ってくれるというのなら、我らにとっては願ってもないことです。皆様方もくれぐれもご油断めされぬようお願いします」

マシューがそう言うと諸将は一斉に頷いたのだった。

◇◇◇

――大陸暦一五四九年六月十六日

二日目に突入したこの戦いも、一日目とまったく同じ動きとなった。

フウガ軍は両翼に主力を配置し、それを知った連合軍も両翼に増援を送って膠着《こうちゃく》状態となった。ただ両翼の部隊を変更する余裕のある連合軍に対し、昨日の戦いの疲労が残るフウガ軍の両翼はやや押され気味となっていた。

中央はと言えば昨日と同じように遠距離攻撃の撃ち合いに終始しており、この日も激しくぶつかるようなことはなかった。

「……チッ」

そんな戦場の様子をフウガは自軍本陣から苦虫を噛《か》み潰したような顔で見ていた。

相当イライラしているのだろう。床机に座ったまま何度も地団駄を踏んだせいで、フウガの足の形が下の地面にクッキリと刻まれていた。

そんなフウガを見て傍《そば》にいたムツミが溜息《ためいき》を吐《つ》いた。

「少しは落ち着いたらどうですか？　旦那様。こんな場所でイライラしたところで勝機がやってくるわけでもないのですから」

「わかってる。わかってるが……皆が戦ってるのに本陣待機ってのが辛《つら》いんだ」

フウガの言葉にムツミは肩をすくめながら溜息を吐いた。

「総大将とはそういうものでしょうに」

「性に合わないんだよ。ジッとしてるってのはな。力の限り暴れて、駆け抜けて、勝利をつかみ取る。俺たちはそういう戦い方をずっとしてきたのだから」

「でも、それではすぐに頭打ちになることはわかっているのでしょう？」

「………」

ムツミにそう窘《たしな》められて、フウガはなにも言えなくなった。

「旦那様が大陸に覇を唱えるためには、単純一辺倒な戦い方は変える必要があります。グラン・ケイオス帝国は強大ですし、フリードニア王国についてもユリガさんから甘く見ないよう手紙が来ているのでしょう？　そのような国々と渡り合うためには旦那様の軍はもっと進化する必要があります」

「……わかってるよ。だから今回は大人しくしてるんじゃないか」

フウガは少し面白くなさそうにそう答えた。

そんなフウガのふて腐れたような顔を見て、ムツミはクスリと笑った。

「ソーマ殿ならこんなとき、配下を信じて任せると思いますよ？」

「……ああ、アイツはそうするだろうな」

ソーマは自身に武力も将才もないとわかっているから、こういうときは配下を信頼して任せることだろう。前線に出たがるタイプではないというのもあるが、フウガのように本陣で待機していてもイライラしたりはしないはずだ。

そんな姿が容易に想像できたのでフウガは地団駄を踏むのをやめた。

「仲間を信じて待つ。アイツにできて俺ができない、というのは癪《しゃく》だ」

「ふふっ、そうですよ。旦那様と一緒に夢を追う者たちの力を信じましょう」

そう言ってムツミは座るフウガの後ろに回って肩にポンと手を置いた。

第六章　歴史の変わり目

——セバル平原・二日目の戦いが終わった夜。


「父上」

　一日目と同じように膠着状態で二日目の戦いを終え、諸将との軍議を終えて自軍へと帰って来たマシューのもとへ、長男のハシムが訪ねてきた。

「……ハシムか。どうしたのだ？」

「フウガ軍の戦い方についての意見をお聞きしたく」

「ふむ。お前も違和感を感じているか」

　マシューは腕組みをしながら唸《うな》った。

「一日目と同様、フウガ軍は消耗戦に付き合ってきた。フウガとはこのような戦い方をするような男ではなかったはずだ。それがどうにも解せない」

「……なにか策があると？」

「大軍を用いて駆け引きをするだけの将器を身につけたか、或《ある》いは兵たちに持ち上げられて増長し、軍略のようなものを振るっている気になっているだけか……」

「後者ならば楽なのですがね」

「どちらにしても相手の思惑が読めないというのは不気味だ。とくにフウガが戦場に姿を見せていないというのが……な」

「たしかに、気になりますな。……でしたら、そんなフウガの尻を蹴っ飛ばしてみるのはいかがでしょう？」

考え込むマシューにハシムはそう提案した。マシューは顔を上げた。

「なにか考えがあるのか？」

「セバル平原の北西の入り口近くにあるセバル砦《とりで》ですが、偵察の話によるといまはフウガ軍が五百の兵で守っているようです。この砦を平原にいるフウガ軍本隊にバレぬように急襲します。この城を奪えばヤツらは退路を塞がれることになります。尻に火が点《つ》いたフウガ軍は撤退するか、無理矢理強行突破するかの二択を迫られることになります」

「……なるほど。我らは用意万端で待ち受け、強行突破を図ればセバル砦の兵と共に包囲し、撤退するようなら追撃をすればいいわけか」

マシューは頭の中で素早く計算し、この策は妥当であると判断した。

この作戦はソーマのいた世界で行われた『長篠《ながしの》の戦い』において、設楽原《したらがはら》での決戦とは別に、酒井忠次《さかいただつぐ》率いる部隊が武田《たけだ》方の鳶《とび》が巣山《すやま》砦を奪い取ったのと酷似していた。砦を奪われたことにより武田軍は退路を脅かされることになり、撤退戦の中で数多くの重臣たちを失うことになった。砦の喪失が武田軍の敗北を決定的なものにしたのだ。

ハシムが献策したのはそういった作戦だった。

　マシューから好感触を引き出せたことを確認した上でハシムは説明を続けた。

「我らチマ家の兵五百と、土地勘のあるガビ王から千の兵を借り、ガビ城から山の中を進めば見つかることはないでしょう」

「ふむ……だが、フウガ軍に対処するため、私は本陣を離れられないぞ？」

「無論です。この奇襲部隊は私が率います。ナタとニケも連れて行きます。父上はシャムール殿の傍にいてください」

「決行は？」

「今夜中にでも。すでにガビ王には提案し、好感を得ております」

「ふっ、手回しがいいな」

　マシューが笑うとハシムも瞳を伏せながら笑った。

「父上の子ですからね」

「……武運を祈る。抜かるでないぞ」

「ええ。父上も」

　そう言うとハシムは踵《きびす》を返して本陣から出て行った。

　マシューはそんな息子の背中を黙って見送ったのであった。

◇　◇　◇

――大陸暦一五四九年六月十七日

セバル平原の戦いが始まって三日目の早朝。

マシューのもとに『ハシム率いるチマ公国・ガビ王国の連合軍一千五百が、フウガ軍五百の兵が籠もっていたセバル砦を攻略した』との報告が伝書クイでもたらされた。

「っ!?……成し遂げたか、ハシム」

マシューは感嘆の溜息を漏らした。その報告書には『五百の兵は極力脱出させないように討ち果たしたが、一部はフウガのもとへと駆け込んで、セバル砦が奪われた旨を報告したことだろう』と書かれていた。

マシューはこの報《しら》せを持って総大将シャムールのもとへと向かった。

もしセバル砦失陥の報を聞いたフウガが砦の再奪還に兵を出すようなら、連合軍全軍で戦力の減ったフウガ軍本隊に攻勢を掛ける。そうなれば物量差で押し切れるだろう。

マシューは総大将シャムールの傍で夜通しフウガ軍を見張ったのだった。

……しかし、夜明けを迎えてもフウガ軍が動くことはなかった。

「ヤツら、セバル砦が落とされたというのに動かぬのか」

腕組みしながら唸ったシャムールに、マシューは答えた。

「動けぬのでしょう。動けば我らに押し込まれることになりますから」

「ふむ……ともかくこれでヤツらの尻にも火が点いただろう。セバル砦が落とされればヤツらの補給線も完全に寸断される。昨日までの戦い方では日干しになるのを待つだけだ。いや、それ以前にここまで追い詰められれば、たとえフウガの信奉者たちといえども逃散《ちょうさん》する者も出てこよう。フウガの神話も剝がれて軍は瓦解する」

「左様。だからこそ、今日が決着のときでしょうな」

マシューは静まりかえったフウガ軍の野営陣地を見つめた。

「フウガに採れる手段は二つだけです。連合軍を強行突破し本国マルムキタンへの帰還を目指すか、或いは仕切り直すために北へと撤退するか。もっとも後者を選ぶならばセバル砦の兵と我らで挟撃するだけです」

「ふっ、たとえ精強なフウガ軍といえども撤退中は無防備な背中を晒《さら》すわけだしな。我らが将兵たちの力で大いに屠《ほふ》ってくれようぞ」

武人らしくギラついた目で語るシャムール。マシューは頷《うなず》いた。

「はい。だからこそ、相手が選ぶのはまだ勝機の残っている中央突破だと思うのですが……先日、先々日のフウガ軍の合理的でない戦い方を思い出すと、素直に行動しないことも考えられます」

「どちらでも構わん。向かって来るなら囲んで圧殺する。逃げるならば追いかけて喰《く》らい尽くす。どちらでも我らの有利は変わらん。わかりやすくていい」

「……そうですね」

楽観的に笑うシャムールとは違い、マシューは微《かす》かな不安が胸に芽生えていた。

セバル砦が落とされたというのに、フウガの陣地が静かすぎたからだ。

そこにマシューは得も言われぬ不気味さを感じた。

(何を考えているのだ……フウガ)

マシューはフウガ軍を睨《にら》んだが、答えは見つけられなかった。

連合軍はフウガ軍の強行突破に備えて、昨日までのように両翼は前に出さず防備を固めた。相手が遮二無二突撃してくるならば包囲に出て、中央を薄くする必要は無い。中央でしっかりと防御を固めて受け止めれば、あとは横撃も、後背を突くことも思いのままだからだ。さあ来いフウガ軍、と連合軍の将兵は手ぐすね引いて待っていた。

そんな連合軍に対し、フウガ軍が取った行動はというと……。

「伝令！　フウガ軍が退却を始めました！」

連合軍本陣へと駆け込んできた伝令兵がそう報告してきた。

その報告を聞いたシャムールは目を大きく見開くと床机を蹴って立ち上がった。

「ヤツら、正気か！」

そう言って見つめる先では、たしかにフウガ軍が街道沿いに北西の方角に向かって足早に退却しているのが見えた。

「ここで退却したとして……北に逃れたところで再起ができるとでも!?」

「……そう考えたのかもしれません」

マシューが眉根を寄せながら言った。

「この戦場からフウガを逃がすことだけを考えれば、兵数の少ない北西方向に逃げるというのは一応理に適《かな》ってはいます。しかし、それは同時に配下の将兵たちに多大な被害が出ることを意味しますが……どうしますか？」

「どうもこうもないわ」

マシューに尋ねられたシャムールは、剣を抜いてフウガ軍の方へと突きつけた。

「追撃する！　フウガは逃すかもしれんが、ここでヤツの指揮下に居る将兵を可能な限り討ち果たさねばならん。各々方、ここが正念場ぞ！　ここでフウガの再起の芽を摘み取ってくれようぞ！」

「「「　おおおおお!!　」」」

シャムールの鼓舞にその場に居た連合軍の将兵たちが応じた。進撃の合図を告げるラッパがかき鳴らされて、連合軍は一斉にフウガ軍への追撃へと動き出した。

シャムールも本隊と前に出るべく馬に乗ると、近寄ってきたマシューに告げた。

「貴殿は荒事に向いていないだろう。本陣の守りは任せた」

「はい。ご武運を」

マシューが手を前に組んで頭を下げると、シャムールは頷き馬を走らせていった。

そんなシャムールの背中を見送りながらマシューは戦場を見つめた。

（我がチマ家は血と名を残すことこそ大事。だから……無駄に命を散らすでないぞ）

◇◇◇

本来、撤退する際には後方に殿軍《でんぐん》を用意して配置するものだ。

殿軍に選ばれる部隊は精強であり、忠義に厚い将が指揮を執らなくてはならない。

その殿軍が身を挺《てい》して追撃してくる敵軍を長く足止めするほど、主君の、延《ひ》いては味方全軍の生存率が上がるのだ。つまり殿軍は全滅が前提であり、そのことを正しく理解しているなら、金ヶ崎《かねがさき》の戦いでの撤退戦で殿軍を務めながらも生還を果たした木下藤吉郎《きのしたとうきちろう》が、どれだけの偉業を成し遂げたかわかるというものだ。

しかし奇妙なことに撤退するフウガ軍はこの殿軍を〝用意していなかった〟。

連合軍の猛追を受ける中で、フウガ軍の後方部隊はろくな統率もとれないまま壊走しているように見えた。

「ぐはっ！」

「……ちっ。フウガあああ!!」

逃げる敵兵の背に剣を振り下ろし、斬り捨てながらシャムールは叫んだ。

「見損なったぞフウガ・ハーン！　なんだこの体たらくは！　配下を見捨てて逃げておいて、なにが東方諸国連合に生まれた英雄よ！　なにが人類の希望よ！」

武人として心躍るような戦いを求めていたシャムールは、この虐殺のような一方的な展開に苛立《いらだ》っていた。その憤りを雑兵にぶつけながらシャムールが前を見ると、フウガ軍の先頭はすでにセバル砦の麓を通過しようとしていた。

もたついている後方集団に比べて、先頭集団の速度はかなり速い。

フウガ軍は主力を先頭に配置して逃げているのだろうことが考えられた。

（だとすれば、フウガは取り逃がすやもしれん……）

フウガが前方に主力を置いているなら突破力は相当なものだろう。

予定ではセバル砦を落とした兵たちが平原の北西出口を塞ぐことになっているが、足止めは難しく突破を許すかもしれなかった。

（ならば、この場でフウガに付き従った者どもを大いに屠ってくれる！　従う者さえ居なくなれば、フウガなど手足をもがれたも同然よ！）

敵兵を切り裂く腕に力を込めながらシャムールは前方を睨んだ。

◇　◇　◇

一方、シャムールが睨み付ける先では、飛虎ドゥルガの背に乗って駆けているフウガが拳を握りしめていた。風の音と共に後方からかすかに聞こえてくる、自軍の喧噪《けんそう》と断末魔の叫びに、歯を食いしばり、肩が小刻みに震えていた。

「旦那様……」

馬で併走するムツミが気遣うように声を掛けた。

するとフウガは握りしめていた右手をバッと開いてムツミに突きつけた。

「わかっている。ムツミ」

フウガは開いた手をドゥルガの背に乗せた。

「俺はもう立ち止まらない。振り返りもしない。ドゥルガの向いているほうへとひたすらに駆け抜けるだけだ」

「旦那さ……いえ、フウガ様。私は、どこまでも付いていきます」

そしてフウガたちはセバル平原から脱したのだった。

◇◇◇

連合軍がフウガ軍に追い打ちを掛けながらセバル砦《とりで》の麓を通過していたとき。

（おかしい……）

シャムールはふと違和感を覚えた。

（なぜ倒れているのが敵兵ばかりなのだ）

街道沿いに倒れ伏している兵たちの多くがフウガ軍だった。本来なら味方の死傷者がいないことは歓迎すべき事だが、それにしては犠牲者が少なすぎだ。

予定ではセバル砦を落としたチマ家とガビ王国の混成軍一千五百が、退却するフウガの行く手《て》を遮る手筈《はず》だった。退却するフウガ軍の先方とぶつかることになるこれらの軍は、相応の死傷者が出るはずである。

　しかし街道沿いに混成軍の死体は無かった。

（フウガ軍を恐れて遮断を怠ったのか？　あとで糾弾せねばならんな）

　そんなことを考えていたときだった。

　突如、追撃していた自軍の足が止まったのだ。

「なぜだ!?　なぜ足を止める!?　フウガを逃がしてしまうではないか!?」

　シャムールが何事かと思っていると伝令兵が駆け込んできた。

「報告！　セバル平原を抜けた先でフウガ軍が停止しました！」

「なんだと!?」

　シャムールが驚いていると、伝令兵は更なる驚きの情報をもたらした。

「また撤退していたフウガ軍は左右に分かれ、その間を縫うようにして整列したフウガ軍の騎兵隊が現れました。その先頭に、巨大な虎の姿が見えます！」

「フウガ・ハーン!?　主力の二千騎か！」

　なぜここで反転を？　フウガや主力を逃がすのではなかったのか？

　シャムールがそう考えたとき、周囲の地形が目に入った。

　ここはセバル平原へと続く谷間。

　両脇を山に挟まれた狭い道で一万三千ほどの連合軍の軍列は長く伸びきっていた。

（まさか!?　誘い込まれたというのか!?）

シャムールが事態を正しく認識し、全軍に停止を命じようとしたそのときだった。

後方から息を切らせた伝令兵が駆け込んできた。

「ほ、報告！　セバル砦にいたガビ王国とチマ公国の軍勢が……」

「なんだ！　なんだというのだ!?」

シャムールが問い詰めると伝令兵は声を張り上げた。

「う、裏切った模様！　セバル平原への入り口を封鎖しております！」

「……」

シャムールはもう言葉も出なかった。狭い谷間で伸びきった軍列。

そして退路は断たれて、前方には反転したフウガの軍。

（そうか……フウガ、貴様は最初からこの形を狙っていたのだな。我らはヤツらの目的は本国の軍勢と合流することだと考えていたが、お前は、最初からこの地にて我らと雌雄を決しようとしていたのか）

シャムールがフウガの真意に気付き、愕然《がくぜん》としていた頃。

向かい合うフウガ軍の先頭に立ったフウガは連合軍を睨み付けていた。

「……ようやくだ。ようやく、暴れられる」

「ええ。ハシム兄上の言っていた形になりました」

隣に立ったムツミがそう言った。

その表情は平静そのものだったが、手綱を持つ腕が微《かす》かに震えていた。

これはフウガにとっては千載一遇の状況だった。

しかし、この状況を作れたということは、兄ハシムが父であるマシューを裏切ったことの証《あかし》でもあった。口にこそ出さないが、内心では酷《ひど》く動揺していることだろう。

しかしそれを懸命に堪《こら》えているのだ。

ならばフウガにとっては気付かないふりをしてやることが思いやりだった。

フウガは斬岩刀の先を連合軍のほうへと向けた。

「我慢させたなお前ら！　だが、それもここまでだ！　ヤツらはご丁寧にも俺たちに斬られるために列を作って並んでやがる！　さあお前ら！　斬って、捨てて、駆け抜けろ！　あそこに見えるのが、俺たちの時代へと繋《つな》がる一本道だ！」

「「「　おおおおおおお!!　」」」

これまで我慢の戦を強いられていた男たちが、これまでの鬱憤を晴らすような鬨《とき》の声《こえ》を上げた。まさに大地が震えるほどの音声だった。

そしてフウガは斬岩刀を構えると全軍に命じた。

「突撃いいいいい!!」

◇　◇　◇

「弓兵隊、矢を射かけろ！」

ガビ王ビトーの号令を受けて、強弓で有名なガビ王国の長弓兵たちが、反フウガ連合軍の後続部隊に向けて魔法を付与した無数の矢を浴びせかけた。

「な、なんだ!?」

「後方からの敵襲だと……ぐっ」

突如として背後から飛来した矢の雨は、勝ち戦を確信して油断しきっていた連合軍の将兵たちを混乱の坩堝《るつぼ》へと叩《たた》き落とした。

混乱して矢が来る方とは逆の前方へと逃げ出そうとする者もいたが、なぜか前方は進軍を止めていて渋滞状態になっており、逃げ出すことができなかった。

「おのれガビ王！　裏切りおったか！」

ガビ王の裏切りを知った将兵たちは激昂《げきこう》し、鬱陶しい長弓兵たちを討ち取らんと兵を差し向けた。しかしその進路をガビ王国とチマ公国、それにセバル砦に居たフウガ軍五百の兵士たちも加わった歩兵隊が塞いだ。

重装備の歩兵たちが狭路をガッチリと封鎖したため、連合軍の兵士たちは突破することができず、その間も矢の雨によってバタバタと倒れていく。

また連合軍を必死に押しとどめている歩兵隊の中でも、

「どりゃあああぁ！」

チマ家の次男ナタのいる一角だけは、寄せてくる連合軍の兵たちを木っ端のように吹っ飛ばしていた。振るった大斧《おおおの》を肩に担ぎながらナタはチッと舌打ちをした。

「兄者が言うからこっちに付いたが、結局雑魚の相手しかできてねぇじゃねぇか」

シャーン王国に仕えていたナタが、父であるマシューと主君となったシャムールを裏切る形でフウガの側に付いたのは、ハシムの説得があったからだ。

もともとナタは諸国連合最強と目されるフウガとの戦いを心待ちにしていた。

そんなナタに対してハシムは、

『シャーン王国にいたとて戦える相手は東方諸国連合内にいる者だけだ。シャムール殿のもとでフウガ殿と、命を賭けた一生に一度あるかないかの戦いに興じるのもいいだろう。しかし、お前はこの国の外の猛者と戦いたくはないか？　諸国連合に属するどの国よりも大きな国との戦いに身を投じたくはないのか？』

と、そう言ってナタを誘ったのだ。

『ナタ、私と共にフウガ殿のもとへと来い。フウガ殿の野望は諸国連合に収まるものではない。お前にかつてない規模の戦を見せてくれることだろう』

かつてない規模の戦。その言葉が持つ抗《あらが》いがたい魅力に惹《ひ》かれて、ナタはフウガ陣営に鞍替《くらが》えすることにしたのだ。しかし現状では雑魚狩りしかできておらず、その苛立ちをぶつけるようにナタは大斧を振るいながら吼《ほ》えた。

「あまり退屈させるようなら兄者よ！　アンタごとフウガを食い破ってやるからな！」

そうして暴れるナタの姿を、チマ家の長男ハシムと四男ニケは前線からは少し離れた場所から見ていた。

「まるで野生の獣だな。あれは」

ハシムはナタをそう評した。

「手間が掛かるが、まぁその分扱いやすい」

「兄上……やはり父の血を濃く継いでいるようですね」

ニケが厳しい目でそう言うと、ハシムは薄く笑った。

「ふっ、誉《ほ》め言葉として受け取っておこう」

その顔には皮肉の色はなく、どうやら本気で言っているようだ。

父と袂《たもと》を分かつことになって尚《なお》、父のようだと言われて満更でもない顔をする。

ニケはそんなハシムのことが理解できなかった。

「……単純なナタ兄上はともかく、ガビ王はどう説得したのですか？」

「簡単なことだ。ガビ王がいま反フウガ派の中核として参加しているのは、ゴーシュの暴走によって引き起こされたフウガ暗殺未遂事件の主犯と思われているからだ」

ハシムはククと喉の奥で笑いながら言った。

「ゴーシュの主君として主犯が疑われている以上、フウガ派に付いたところで許されるはずがないと考えたからだな。そこで、私がフウガ殿と繋がっていることを明かし、連合軍を裏切り戦功を立てれば今後暗殺未遂事件についてガビ王を断罪しないと、フウガ殿が確約した書状を見せれば簡単に流されてくれたよ」

「そんな急にですか？　従わなければどうしたのです？」

「説得が無理そうならば、セバル砦を攻める際にフウガ軍と図って殲滅《せんめつ》するだけだ。多少面倒にはなっただろうが……まあその程度だ」

「……………」

　とんでもないことを平然と言ってのけるハシムに、ニケはあらためて恐怖を感じた。

「フウガらしからぬ采配だと思っていましたが、全部兄上の指示だったのですね」

「この一戦で諸国連合内に巣くう反フウガ派の主力を一掃するためには、この形まで持ってくる必要があったからな。問題はフウガ殿にこらえ性があるかどうかだったが……やはり覇者の器だ。味方に犠牲が出る中でも進言どおりに堪えてみせた。この智《ち》のかぎりをつくして支えるに値する御仁だよ」

　目を爛々《らんらん》と輝かせたハシムを見て、ニケは理解した。

　飛躍のときを待っていたのはナタだけではなかったのだ。

　ハシムもまた閉鎖的な諸国連合の中の小国という檻《おり》を捨て、自らの才覚を存分に発揮できる機会を、そして自分を用いてくれる主君を求めていたのだ。

　するとハシムはジッとニケのことを見た。

「だが、すべてが計画どおりだったわけではない。お前は、たとえフウガ派に付いた主君に暇を出されたとしても、ムツミのもとへと向かうと思っていたからな」

　ハシムの視線を受けてニケもまた真《ま》っ直《す》ぐに見返した。

「……誰も彼もが兄上の思惑どおりに動くわけがないでしょう。僕らは血の通った人間で、自分の意思を持って行動できるのですから。……さてと」

そう言うとニケは槍《やり》を肩に担いだ。

「それでは兄上、僕はこのへんで去らせていただきます」

それを聞いたハシムは、表情を変えることなく腰に帯びた剣の柄《つか》に手を掛けた。

「お前がこの計画に協力してくれたことは感謝している。だが、ことここに至って父上を救出しようなどと考えているならば……」

「斬れますか？　兄上に、僕が」

ニケは真っ直ぐにハシムを睨《にら》んだ。

二人の単純な武勇を比べればニケの方に軍配が上がるだろうが、ハシムもまた人並み以上の武を修めており、立ち回り次第で勝敗はわからなかった。

一瞬ぴりついた空気となったが、すぐにニケは敵意はないと手を振った。

「心配しなくても父上のもとには行きませんよ」

（むしろ、父上はそれを望んでいない気がするし……）

先日話した感じだと、マシューからはどこかこの状況さえも受け入れているような感じがしたのだ。きっと助けに行ったら怒られ、追い返されることだろう。

そんな確信めいたものがニケの中にあった。

「僕は南西の沢沿いに脱出します。僕は僕で……果たしたい目的がありますから。あっ、チマ家の四男は味方だから見逃すよう、フウガ軍の将兵たちに言っておいてもらえると助かります」

「……そうか」

ハシムは剣の柄から手を離した。

「残念だ。お前には共にフウガ殿に仕えて欲しかったのだが。できれば、今後、フウガ殿の敵に回ることはやめてもらいたいものだがな。ムツミも悲しむだろう」

「……僕としてもムツミ姉さんの敵にはなりたくないですけど」

（まあハシム兄上やナタ兄上に協力するのも嫌ですけどね……）

ニケはハシムとは相容《あいい》れないものを感じていた。

ちょうど父であるマシューに感じていたものに近いような気がする。

そんな思いを隠したまま、ニケは頭を下げた。

「それでは兄上……ご武運を祈ります」

「ああ。私もお前の無事を祈ろう」

そしてニケはもはや振り返ることもなく戦場を去って行ったのだった。

◇　◇　◇

一方その頃。

連合軍の前方では、飛虎ドゥルガに乗って兵士たちを踏み潰して進むフウガの姿を見つけたシャムールが、馬から下りると大声を張り上げた。

「そこにおるのはフウガ・ハーンであろう！　尋常に、我が輩と勝負いたせ！」

その声に気付いたフウガは進撃を緩めた。

そして併走していたシュウキンとカセンに言った。

「シュウキン！　カセン！　お前たちは騎兵隊を率いてこのまま連合軍を蹂躙《じゅうりん》しろ！　俺はあの男の相手をしてくる」

「えっ、フウガ様!?」

「フウガ様！　あのような者、捨て置いても他の者に討たれましょう！」

シュウキンが厳しい目でそう訴えたが、フウガは獰猛《どうもう》な笑みを浮かべていた。

「総大将が逃げもせず、馬から下りて覚悟を決めているんだ！　雑兵に討たれるのもしのびない。ここで俺がアイツを討って勝利を決定づけてやる」

「ですが……」

「行け。これは命令だ」

「っ！……承知。行くぞ、カセン！」

「えっ、いいんですか!?」

驚き尋ねるカセンに、シュウキンは苦虫を噛《か》み潰したような顔で言った。

「ああなったら言っても聞かん。いまはときが惜しい。モタモタしていたら反フウガ派の首謀者たちを取り逃してしまうかもしれん」

「しょ、承知しました。皆、俺たちに続けぇ！」

シュウキンはカセンと共に騎馬隊と跳躍騎兵隊の混合騎兵隊を率いて、軍列の伸びきった連合軍を端から突き崩し、踏み潰し、命を刈り取っていった。

逃げる敵将はシュウキンの剣により後ろから斬り捨てられ、せめて一太刀浴びせて意地を見せんとその場に留《とど》まった敵将はカセンの放った矢に喉元を貫かれて倒された。

さながらすべてを真っさらにする雪崩のようだ。連合軍は大混乱に陥り、進むも退《ひ》くもできずに味方に押し潰される者も多数という有様であった。

そんな勝敗がほぼほぼ決まった空気の中。

フウガはシャムールのもとへと近寄り、ドゥルガから飛び降りた。

「シャーン王国国王シャムール！　その覚悟をドゥルガで踏み潰すのも気が引ける！　俺が直々にその首をもらい受ける！」

「来い！　若造め」

フウガとシャムールは打ち合いを始めた。最初フウガは防戦一方だった。

ガンッ、ガンッ、ガキンッ！

シャムールの叩き付けるような剣撃を、フウガは斬岩刀で何度も受け止めた。

「……良い重さだ。まさに一国を背負う者の剣だ」

「抜かせ！　貴様に、我が輩ほどの覚悟があるのか!?」

「無論だ！」

するとフウガは斬岩刀を閃《ひらめ》かせ、剣を振り上げたシャムールの右腕を肘の下あたりから切り飛ばした。愕然《がくぜん》とした表情になったシャムールにフウガは告げた。

「俺には、この重さを束ねて背負う覚悟がある」

「……………そうか」

右手を失い大量の血を流しているというのに、シャムールはそうとは思えないほど平静な顔で、その場にドカリと腰を下ろした。

「貴様のような男が……この土地から生まれるとはな……中小国家が乱立しすぎていて、どの国も頭一つ抜け出すことができなかった……この地から……」

「………」

シャムールは自嘲気味に笑いながらフウガを見た。

「どうだ？　我が輩は……敵として、お前を苦しめることができたか……？」

「……ああ。この勝利を得るために、味方に少なくない犠牲を強いることとなった」

フウガがそう言うと、シャムールは右腕の痛みに耐えながら笑った。

「ククク……貴様の道を僅かにでも阻めたのなら……本望よ」

「そうかい。……さらばだ。我が最初の大壁よ」

フウガはそう言うと斬岩刀を一閃《いっせん》し、シャムールの首を刎《は》ねた。

その死に顔には一切の恐怖も、苦悶《くもん》も、無念もなかったと後世に伝わっている。

フウガは僅かな時間だけその首に対して瞑目《めいもく》してから、大音声で叫んだ。

「敵総大将シャムール・シャーン！　このフウガ・ハーンが討ち取った！」

◇　◇　◇

シャムールの戦死により、進むも退くもできなかった反フウガ連合軍はさらなる大混乱に陥り、フウガ軍騎兵隊の突撃によって多くの将兵が討ち取られていった。

騎兵隊の突撃を逃れたとしても、その後に続く態勢を立て直した歩兵隊がさっきはよくもやってくれたなとばかりに生き残りに襲いかかり、屍《しかばね》の数を増やしていた。

そうしてフウガ軍が連合軍を蹂躙しきった頃。

シュウキンとカセンはセバル平原の街道を駆け抜けていた。

目標は連合軍の本陣だ。

ガビ王が寝返ったいまとなっては、ガビ城はすでにフウガ軍のものになったと考えて良いだろう。あとは多少の守備兵が残っているであろう本陣を制圧し、首謀者の一人マシュー・チマを捕らえることによって、この戦いの幕を引くだけだ。

「カセン！　お前はこのまま騎兵隊を率いて敗走している連合軍の追撃を続けろ。私は一部隊を率いて敵本陣を制圧してくる」

「承知しました！　どうかお気を付けて、シュウキン殿」

「ああ。お前もな」

互いの健闘を祈ってシュウキンとカセンは別れた。追撃部隊から切り離されたシュウキンの部隊が敵本陣へと突入すると、不思議なことに人の気配が感じられなかった。

「……妙だな」

すでに守備兵は逃げ去ったあとなのだろうか。

馬防柵を素通りし、シュウキン隊が警戒しながら本陣の奥深くへと進んでいくと、おそらく総大将シャムールが居たであろう幕の中に一人の人物が立っていた。

「貴殿は……チマ公か」

顔に見覚えがあったシュウキンが尋ねると、マシューは手を前に組んで頭を下げた。

「如何《いか》にも。貴殿は一角の将であるとお見受けしますが」

「フウガ様の配下。シュウキン・タンだ」

「フウガ殿の側近か。……それは良かった」

涼しげな顔で言うマシューをシュウキンは訝《いぶか》しげに見た。

「それはどういう意味だ？」

「なに、敗将としての責任を取る前に、少し話がしたかったのです。もしここに雪崩《なだ》れ込んできたのが雑兵ならば、問答無用でこの首を落とされていたでしょうからな」

口から出た「責任を取る前に」という言葉。

シュウキンはマシューが死を覚悟していることを悟った。

武人として、抗《あらが》う敵、背を向けて逃げる敵ならば容赦なく斬って捨てることができる。しかし死ぬ覚悟を決めている相手には、礼を尽くしたいと思ってしまうのもまた武人としての性《さが》だった。シュウキンはテムズボックから降りるとマシューの前に立った。

その真っ正直さにマシューは苦笑していた。

「それで、話したいこととはなんですか？」

「……まずはお座りください」

マシューは二つ設置されている床机に座るように促した。

シュウキンが座り、マシューも向かい合うように腰を下ろした。

「それで、いま本陣にいるのはチマ公だけなのですか？」

シュウキンの問いかけにマシューは頷《うなず》いた。

「はい。本隊が壊滅するのを見て、ここを守備していた将兵たちは我先にと逃げ去りました。もっともここはガビ王の領地。ガビ王がフウガ殿についた現状では、無事に逃げおおせられるとは思えませんが……」

「だから、貴殿は逃げなかったのか？　逃げても無駄だと？」

シュウキンがそう尋ねるとマシューは小さく笑った。

「この戦の発起人として責任は取らねばなりますまい。それに、残したい物もありましたからな。貴殿が来るまでの間に準備をしておきました」

「残したい物？」

するとマシューは懐から二通の書状を取り出した。

「一通はフウガ殿の妻となったムツミに。もう一通はそちらに付いたハシムに渡していただきたい。中身を確認していただいても結構ですが、まぁ遺言のような物です」

「遺言……ハシム殿にもですか？　貴殿を裏切ったのに？」

フウガに内通し、マシューの戦略を瓦解させたのはハシムだ。当然、マシューはハシムを恨んでいるだろうと思っていたシュウキンは怪訝《けげん》な顔をした。

そんなシュウキンをマシューは笑い飛ばした。

「恨みに思ってはいないのか、と？　ハハハ、なにを恨みに思う必要があるのです。アレはこの戦で十分な才覚を示した。間違いなくチマ家を継ぐに足る者だ」

するとマシューは穏やかな表情で語った。

「この中小国家が乱立し、国が興っては滅びるということを繰り返したこの地域で、小国が生き残るためには人が眉をひそめるだろうことでも為《な》さねばならない。ハシムの行動はこれまで我が一族がやってきたことであり、私がやってきたことでもある。アレは正しく私の血を継いでいると言えるでしょう」

その目に迷いはない。どうやら本気で言っているようだ。

シュウキンは自分にはない価値観を突きつけられて困惑していた。

「……理解しかねます」

「当然です。他人の家のことですから」

そう言うと今度はマシューがシュウキンに尋ねた。

「ところで、この戦に参加したナタとニケはどうなりましたか？」

「ナタ殿はハシム殿と共に我らの方に降《くだ》ったようです。ニケ殿も途中まではハシム殿に協力していたようですが、既に戦場を離脱したとの報告を受けています」

「ふむ。これだけの戦を起こしておいて、チマ家で失われる命が私一人分で済むというのならば重畳であろうな」

まるで自分の命などなんとも思っていないような言いようだった。

こういう失われる命の足し算・引き算や取捨選択を繰り返してきた一族なのだと、否《いや》が応《おう》でも理解させられた。それでもシュウキンは尋ねずにはいられなかった。

「チマ公……降る気はありませんか？　いまからでも」

「……………」

「貴殿はムツミ様のお父上。立場上フウガ様の義父にあたる人だ。フウガ様としても、これほど多くの反フウガ派をまとめ上げた貴殿の手腕を惜しむと思いますが……」

「それはできませぬよ」

マシューはキッパリと拒絶した。

「私がおめおめと生き残ればムツミの立場を悪くし、『父を見限ってまでフウガ殿に付いた』というハシムの価値を損なう。チマ家の長としてそれだけはできませぬ」

そう言ってマシューは立ち上がり歩み寄ると、書状をシュウキンに押し付けた。

「私は満足だ。ハシムはチマ家を背負うに足る人物となったし、こうして最後には英雄と渡り合う大戦を描くことができた。勝てなかったのは残念ではあったが、もはや思い残すことなどござらん」

「チマ公……」

するとマシューはシュウキンに背を向けると、地面に腰を下ろした。

「さあこの首を持ち帰られよ。書状のこと、くれぐれもお頼み申す」

「……必ずや」

シュウキンは立ち上がると剣を抜き、高く掲げ、そして振り下ろした。

謀将マシュー・チマ。

泥水を啜《すす》ってでも生き残り、家名と血を残すことにすべてを捧《ささ》げてきた男。

彼はその生涯とは似合わぬほど潔い最期を迎えたのだった。

◇◇◇

一つの戦が終わった。

セバル平原へと続く谷間には連合軍の将兵たちの死体が転がり、横を流れる浅い川は討たれた兵士たちの血で紅《あか》く染まった。

生き残った兵士たちは逃散《ちょうさん》するか、あるいは降伏して捕虜となったかで、今日一日で東方諸国連合内の反フウガ派の八割方を一掃したと考えていいだろう。

セバル平原の真ん中でフウガ軍が戦後処理に追われている中、その本陣中央に設置された天幕では、三名の人物が床机に座るフウガの前で膝を突き、頭を垂れていた。

合戦の最中に反フウガ派を離脱しフウガの側に付いたガビ王、ハシム・チマ、ナタ・チマの三名だった。フウガの両脇にはシュウキンとムツミが控えていた。

「大義だった、と、言うべきか」

床机に腰掛けたまま三人を見下ろし、フウガは言った。

「これよりは俺に忠義を尽くすと誓うのだな？」

「ははーっ」

ガビ王は額が地につく勢いで頭を下げた。

「ゴーシュの独断だったとはいえ、配下であった者の暴走を抑えられなかったのは我が責任。またこの度、道を誤り、反フウガ派に与《くみ》してしまいました。しかし、そんな敵対した身である私を殿は受け入れてくださいました。この恩義に報いるためにも、これよりはフウガ殿のために身を粉にして働く所存」

「我らも、ガビ王と同じにございます」

そう言ってハシムも深々と頭を下げた。

するとフウガは床机から立ち上がり、シュウキンが手にしていた斬岩刀を受け取り、その刃の部分をハシムの首筋に当てた。

睨《にら》み付けるフウガの視線に、近くにいたガビ王の背中にも冷たい汗が流れた。

「この度の馳走《ちそう》には感謝しよう。だが、俺は裏切りを行う者を好まぬ」

ハシムを見下しながらフウガは言った。冷たい刃がハシムの首に触れる。

少し引くだけで鋭利な斬岩刀は肉を切り裂き、紅い飛沫《しぶき》が上がることだろう。

ハシムは微動だにできなかった。

「「……………」」

二人の間にしばし沈黙の時間が訪れた。

傍《そば》で見ている者たちは緊張で早まった鼓動が五月蠅《うるさ》く感じるほどの静寂。

痛いほどの沈黙の時間が過ぎ、フウガはゆっくりと刃をハシムの首から離した。そして
再び床机に腰を下ろすと、手にした斬岩刀の石突きを地面にダンッと打ち付けた。

「二度目はない！　三名ともそれを肝に銘じろ！」

「「　ははーっ　」」

三人が揃《そろ》って頭を下げた。フウガは頷くと、

「三名のうちハシムのみ残れ。残りは退出を許す」

そう言ってナタとガビ王を退席させた。

二人が天幕を去り、少しの時間が流れたあとで、フウガは斬岩刀をシュウキンに再び預
けると、両膝に手を置きながら言った。

「コレで良かったのか？　ハシム」

「はっ。上出来でございます」

ハシムはしれっとした顔で頭を上げた。その顔を見てフウガは苦笑した。

「お前は最初から俺たちに味方していた。いやむしろ、俺たちはお前が描いた作戦通りに行動していた。そんなお前を裏切り者呼ばわりしなければならないとはな」

フウガの言うとおり、ハシムは反フウガ連合軍としてマシューの傍にいながらも、フウガのために情報を流し、今回の戦いで決定打となった偽装敗走からの狭い谷への敵軍の誘引、そこからの反転突撃による殲滅《せんめつ》という作戦をフウガに進言していた。

今回の戦は実質的にはハシムの作戦勝ちという面が大きいだろう。

そんな今回の戦の功労者であるハシムは口元を緩めた。

「私に二度目の裏切りを許さぬと言ったフウガ様の眼力は、ガビ王の口から諸将に語られましょう。フウガ様は敵さえ受け入れる度量があるが、同時にあくまでも敵対する者には容赦しない恐ろしさがあると諸将に印象づけることができるでしょう」

この言葉は図らずも、ソーマの愛読書であった君主論の第十八章にある【君主たる者には野獣と人間とを巧みに使い分けることが必要になる】という記述に酷似していた。

相手と対峙《たいじ》する際に法や信義を用いるのは人間的な方法であり、力を用いるのは野獣的な方法だ。現実世界では君主は時として信義を無視する野獣のような人物と対峙しなければならないときもあるわけで、そのときには君主も野獣のように力で屈服させることを躊躇《ためら》ってはならない。

だからこそ君主はこの二面性を兼ね備える必要がある、という教えだった。

更にハシムは言った。

「それに、私が裏切ってこちらに付いた人物の筆頭として印象づけておけば、私の献策をフウガ様が受け入れる度に、人々の目には出自の色眼鏡で人を見ない器量の大きな人物と映るでしょう。この戦いで捕虜となった兵士たちの多くは上からの指示に従っただけにすぎません。私が重用されていれば安心して味方に加わることでしょう」

「ほう……」

「また同時に、これより先にフウガ様へ反旗を翻すことを企《たくら》む者たちは、まず私を味方に引き込めないかと探るはずです。もし私に接触して来ようものなら計画は露見し、反乱を未遂のうちに処理することもできましょう」

「ハハハ！　いいねぇ！」

フウガは膝を叩《たた》きながらカラカラと笑った。

「お前のように、物事を先の先まで考えられるような頭の良いヤツをずっと求めてたんだ。俺の配下は皆精強だが、なんでもかんでも『戦って勝ちゃいい』とか考えてる蛮族一歩手前なヤツらばかりだからな。政治的な駆け引きができるのはシュウキンとムツミ、あとはカセンぐらいだろう。カセンは若いから他が従わないが」

「自分の配下をそこまで言うことはないでしょう……」

傍にいたシュウキンが溜息《ためいき》を吐《つ》きながらそう諫《いさ》めた。

「事実だ。これから先のことを考えたら、俺たちは武力だけでなく多くの能力のある者たちを集め、用いなくてはならないだろう。幸い、手本となりそうなヤツもいるしな」

フウガはソーマの姿を思い浮かべていた。

武力とカリスマ性なら万に一つも負けはないと自負しているが、知力と人使いの巧妙さに関しては、あの男に遠く及ばないとフウガは自覚していた。ハシムも頷《うなず》いた。

「良きお考えです。そのためにも早急にこの東方諸国連合を掌握し、埋もれている人材を確保しなければなりません。とくに内政官の少なさは致命的です。国土を広げるつもりならば、それに見合うだけの内政官を集めなくてはなりません」

「……事実なだけに耳が痛いな」

フウガはやれやれだと肩をすくめた。

「無論。これからは拡充していくつもりだ。ハシム、お前を筆頭にしてな。だが……お前の目から見て、ガビ王は使えると思うか？」

フウガが尋ねるとハシムは薄く笑った。

「我が弟ナタは戦うことしか頭にない獣のような男故、扱うのは簡単でしょう。しかしガビ王は全体の利益より保身を第一に考える御仁です。再度裏切るリスクは高く、重用はできますまい」

「やはり信用は置けんか……ならば、どう処理するべきだと思う？」

「フウガ様はこれよりは反フウガ派残存勢力の掃討にあたることでしょう。いずれ困難な戦場にて最前線に配置しておき『味方の被害を最小限にすべき』という消極策を採らせた上で、その『働きが悪い』と責任を追及し更迭すればよろしいかと。配下の弓兵は精強なので、そのまま直卒としていただくとしましょう」

冷酷な目でそう言うハシムに、真面目なシュウキンなどは不快そうな顔をしていた。

しかしフウガは逆にカラカラと笑うのだった。

「まっ、これからはこういう進言ができるヤツも必要ってことだ……もちろん、お前も協力してくれるんだろうな？」

「もとよりその覚悟です。フウガ様は堂々と日の光の中をお進みください。陰の暗い部分は自分が担うという決意が感じられる言葉だった。

そんなハシムの姿を見て、フウガは気になっていたことを尋ねた。

「最後に一つだけ教えてくれ。チマ公……マシュー・チマを裏切ることに抵抗はなかったのか？」

その問いかけに、それまで黙っていたムツミの肩がピクリと震えた。

父を裏切り、味方となった兄に対して、やはり思うところがあるのだろう。するとハシムの目がここにきて初めて険しくなった。

まるで睨んでいるかのような目を真っ直《まっす》ぐにフウガに向けていた。

「たとえフウガ様といえども、我ら親子の仲を推し量ることなどできませんよ」

「……ほう？」

「私をこのような決断ができる将として育てたのは、他ならぬ父上です。フウガ様は世界に名を馳《は》せる英雄であり、この東方諸国連合という籠の中で燻《くすぶ》っていた才知を活《い》かすことができる御仁であると私は判断しました。父上とてもっと若く、いまよりも柵《しがらみ》が少なければ必ず私と同じ道を歩んだはず。私が父上を理解するように、父上もまた私の行動を理解してくれていることでしょう」

ハシムの言葉と剣幕に、フウガは一瞬呑《の》まれそうになり、やがて溜息を吐いた。

「やはり、親子なのだな。……シュウキン」

「はっ」

シュウキンはハシムの前に出て膝を突くと、懐から一通の書状を差し出した。

「私がマシュー殿を討ちました。最期に立ち会った形となります」

「……左様で」

「その際に、マシュー殿からハシム殿宛てに託されたのがこの書状です。他にもう一通、ムツミ殿宛ての書状と一緒に」

ハシムが書状を受け取ると、シュウキンは一礼してから元の立ち位置に戻った。

するとムツミも懐から書状を取り出してハシムに見せた。

「私の書状にはフウガ様と敵対し、私の立場を悪くしたことへの謝罪と、自分の生涯に満足しているということ。そして兄上を恨まぬようにと書かれていました。兄上の言ったとおり……父上は兄上を一番理解していたようです」

悲しげに瞳を伏せるムツミ。ハシムもしばし瞑目《めいもく》していた。

しばらくして、フウガが口を開いた。

「お前宛ての書状は先に目を通させてもらった。お前も読むべきだ」

「……はっ。しからば」

ハシムは書状を開いて目を通し、そして……。

「っ!?」

大きく目を見開くこととなった。

そこにはムツミ宛ての書状のように、謝罪も、許しも、ましてや恨み言の一つもなかった。自分の死後はどうすべきという指示さえもない。

記されていたのは人物名とその人物が現在所属している国の名前だった。

ハシムはすべてを理解し、紙がクシャッとなるほど強く握りしめた。

ここに記されているのは、マシューが知りうる限りの人材の名前だった。

これからフウガの覇業を支える上で登用すべき人材を、マシューは連合軍の本隊が壊滅し、自分の身に死が訪れるそのときまでにハシムに書き残していたのだ。

余計な言葉など一つとしてない。

しかしそのことが却《かえ》って、マシューがハシムの能力を認め、裏切ったことを許し、彼に後事を託して逝ったのだということを雄弁に物語っていた。

「父の……亡骸《なきがら》はどうなりました？」

「人の手に触れぬよう丁重に保存してある。後日、ムツミに葬儀を執り行わせる」

「……そう、ですか」

ハシムは俯《うつむ》き、しばらく顔を上げなかった。

そんなハシムの姿を見ていたムツミはまるで彼の代わりに泣いているかのように、声も上げずに涙を流していた。その頬に伝わる涙を見てフウガは……。

（二度も泣かせるんじゃねぇよ。……大馬鹿野郎が）

そう心の中で思いながら、亡きマシュー・チマに思いを馳せるのだった。

第七章　地固め

セバル平原の戦いにて、反フウガ派は戦力の大半と中心人物であったシャムール・シャーンとマシュー・チマを失い、大きく弱体化していった。

各地の反フウガ派に属する国家も、フウガ自身の手で、或《ある》いはフウガ支持派の国家によって、はたまたフウガを支持する国民たちの反乱によって次々と滅ぼされていった。

その中で一軍を率いて戦果を上げ続け、早くもフウガの参謀として台頭したハシム・チマのような者もいれば、信用を得ようと遮二無二働いているビトー・ガビのような者もいた。戦後になって臣従を誓った者の中には、働きが悪いことを理由に放逐されたところを、潜伏し、反乱を起こそうと企てたとされ討ち取られる者もあった。

混乱の中で台頭する者、滅び行く者、それを見ていることしかできない者。

悲喜《ひき》交々《こもごも》な思いが錯綜《さくそう》する中、東方諸国連合では様々な血が流された。

◇◇◇

――そしてセバル平原の戦いから三ヶ月後。

東方諸国連合ではフウガ一強の体制が整いつつあった。

様々な勢力が乱立し、突出した国家の生まれにくい土壌であった東方諸国連合において、フウガを中心とした中央集権がいま為《な》されようとしていた。

そんな報告を俺はパルナム城の政務室でハクヤの口から聞いていた。

「……予想以上に動きが速いな」

それが俺の率直な感想だった。

「俺はアイツの英雄としての資質が怖かった。夢に邁進《まいしん》するだけで人を惹《ひ》きつけるカリスマ性がな。暗い部分がなく、無邪気に、どこまでも大きくなる。そんなところが」

「……そうですね」

「だけど反面、暗い部分を持たないが故の甘さのようなものもあった。大きすぎる器故に夢を共有できない異分子さえも身のうちに取り込んでしまう。やがて軋轢《あつれき》を起こし、不和を生み、足を引っ張るだろうと思っていた」

誰もが惹きつけられるカリスマ性、なんでも受け入れる度量があるからこそ、保身に走る者や、腹に敵愾心《てきがいしん》を秘めた者さえも受け入れてしまう。多くの英雄が深謀遠慮を理解できない凡将に足を引っ張られ、反逆者に足を引っ張られてきた。

フーガにもそういった面があると思っていた。

「だけど、遅れて臣従した者たちへのやり口はフウガらしくない。早い話が、いじめて追い出して濡《ぬ》れ衣《ぎぬ》を着せて殺したわけだしな。アイツはそんな手段をとるような男ではなかったはずだ」

「……君主が大成するためにはときに清濁併《あわ》せ呑む覚悟が必要です。その濁を飲むよう進言できる者が、フウガ殿の傍《そば》に現れたということでしょうね」

ハクヤは警戒感が滲《にじ》む目でそう答えた。

「反フウガ派への対応が合理的かつ冷酷です。良い参謀が付いたのでしょうね」

「それが報告にあったハシム・チマか」

「そうなのでしょう。チマ公の外交・謀略の才を色濃く引き継ぐ男のようです」

「厄介だな。一番フウガの傍に居てほしくない人材だ」

俺は溜息を吐きながら自分のこめかみをトントンと叩《たた》いた。

「これからはフウガの近くにハクヤ並みのヤツがいるという認識を持つべきか。ハクヤ、お前がフウガに仕えているとしたら、次はなにを献策する？」

「無論、さらなる地固めでしょう。中立派が多数残っている以上、まだ東方諸国連合を完全に掌握したとは言えませんから」

「中立派か……」

俺は立ち上がるとテラスに繋《つな》がるガラス戸の前に立った。

「フウガの気質なら中立派を味方に引き込もうとするだろう。実際にそうできるだけのカリスマ性があの男にはあるからな。手っ取り早く東方諸国連合をまとめ上げるならそれが一番早く、また多くの恨みを買わずにすむ」

「しかし、それでは内部の結束を緩めることになります。向背定かならぬ者を内に抱えれば、長い目で見れば不利益でしかありません。合理的に考えれば採るべき手段ではありません。……私ならばそのように献策します」

「……ならば、ハシムもそう献策するだろうな。そしてフウガにはその進言を受け入れる度量があることもわかった。……まだまだ血が流れることになるだろう。やはり〝慶事〟ばかりとはいかないな」

慶事とは数ヶ月前にロロアの妊娠が発覚したことだった。

『これでうちもオカンや！　これからも大事にしたってな、ダーリン♪』

そう報告してきたときの、嬉《うれ》しさと多少の照れが混ざったロロアの顔を思い出す。

これまで妊娠報告は国外で聞くことが多かったけど、今回はパルナム城の中で聞けたから家族総出でお祝いしたっけ。ジュナさんの出産も間近であり、家族が増えていくことへの喜びを嚙《か》み締めていた時期だった。

（家族と言えば……）

俺はガラス越しに空を見上げた。

（ラスタニア王国は中立派だ。ユリウスやティア姫は大丈夫だろうか）

◇◇◇

――一方その頃。ラスタニア王国にて。

ラスタニア王家の住む王館の政務室では、国王代行のユリウスが少し髪の伸びた妻のティア姫と、義父母であるラスタニア国王夫妻と向かい合って座っていた。

そして二通の書状を国王に差し出した。

「義父上《ちちうえ》、義母上《ははうえ》とティアを連れて外遊に出ていただきたい」

「ユリウス様っ」

ユリウスのただならぬ剣幕にティア姫は息を呑んだ。

しかしユリウスはそんなティアの様子など意に介さず、話を続けた。

「まずはノートゥン竜騎士王国でシィル王女と面会し、一通目の書状を渡してください。そこから竜騎士王国の護衛付きでフリードニア王国まで行き、ソーマ王と面会して二通目の書状を渡してください。竜騎士の護衛付きならば星竜連峰を通れるでしょう」

「……我々に、この国を離れよということですかな？」

ラスタニア王が真《ま》っ直《す》ぐにユリウスを見つめると、ユリウスは頷《うなず》いた。

さらにべつの書状を三人の前に広げて見せた。

「フウガ・ハーンからの書状です。いや、招待状と言うべきですか。これまでフウガ支持派にも反フウガ派にも属していなかった君主たちを招き、宴《うたげ》を催すとのことです。親睦を深め支持を取り付けるのが目的なのでしょう。……ただ」

そこまで言ってユリウスは目を細めた。

その目はティア姫がビクッとするほど冷たかった。

まるでアミドニアにいた頃のユリウスが戻ってきたようだった。

「それはあくまでも表向きの話です」

「裏があると？」

ラスタニア王が尋ねると、ユリウスは頷いた。

「遅参者への仕打ち。あの一罰百戒を以《もっ》て味方を律するやり方は、これまでのフウガの道義に反している。どこまでも合理的で、むしろ私のような人間が好むやり方です」

「そんな……」

かつて父ガイウスから、公王家には毒蛇の血が流れていると聞かされたユリウスだ。

毒蛇の考えそうなことは、毒蛇自身がよく理解していた。

「おそらく新たに加わったハシムの献策でしょう。だとすればこの宴もハシムの思惑である可能性が高い」

「ならば、行かなければ余計に立場を悪くするのではないか？」

「ええ。おそらく不参加の君主は反逆の意思ありとして攻め滅ぼすつもりなのでしょう。我らにとっては行っても、行かなくても待っているのは破滅です」

「……だから逃げろと」

ユリウスはもう一度頷いた。

「フウガが東方諸国連合の総力を挙げて攻めてきた場合、いかにノートゥン竜騎士王国との同盟があったとしても、この国を護《まも》りきるのは不可能です。仮に一時期しのいだとしても、土地が荒廃しては国を維持することはできません」

「しかし、王が国や民を見捨てるなどと……」

「一番恐ろしいのはその民が王を見限るおそれがあることです」

人の良いラスタニア王にユリウスは現実を突きつけた。

「我が国の中にもフウガの庇護下《ひごか》に入ることを望む者は多いです。さきの魔浪《まなみ》による被害を経験した以上、より強き者に生命と財産を護ってもらいたいと考えるのは、ある意味自然なことです。そのような者たちにとって旧王族など邪魔者でしかありません」

ユリウスはすでに一度経験していたことだった。アミドニアの国民たちはガイウスの武威しか縋《すが》るものがなかったときは、為政者に対して従順だった。

しかし、ヴァンを占領したときのソーマの統治が開放的なものであったため、ガイウスが戦死していたこともあり、国民はすんなりと王国の統治を受け入れた。

ユリウスが復権しても、国民の多くはよりソーマに性格の近いロロアを支持し、ユリウスを放逐した。経験者の言葉にラスタニア王はなにも言えなくなった。

かわりにティアがユリウスに詰め寄った。

「先程、ユリウス様は三人でと仰《おっしゃ》いました。ユリウス様は残るおつもりなのですか？」

そう言って不安な顔をするティアの髪をユリウスはやさしく撫《な》でた。

「……脱出を悟られぬよう時間稼ぎは必要だからな。それに、フウガの庇護下に入ることを望む者たちが多いと言いましたが、ジルコマ、ローレン夫妻など王家を敬愛している者たちもいる。その者たちの脱出の指揮を執らなくてはならん」

「それなら、私も残ります！」

「ティア」

ユリウスはティア姫のことを真っ直ぐに見つめた。

「私なら大丈夫だ。引き際を誤ったりなどはしない。むしろ、ティアがここに残っているほうが心配で集中できない」

「ユリウス様……」

「それに、ティアのお腹《なか》も段々と大きくなっていた」

「っ……」

ティアは自分のお腹のあたりにそっと手を当てた。

そこには新たな命が育っていた。

ラスタニア王家とアミドニア公家の血を引く子だ。そんな子を宿し、母へと変化しつつあるティアをユリウスは抱き寄せ、髪を優しく撫でた。

「わかるだろう？　ティア。いま一番護るべきは誰なのか」

「……この子ということですね」

「無論、この子の性別も知らぬまま命を投げ出したりはせんよ」

そしてユリウスはラスタニア国王夫妻を見た。

「だから、義父上《ちちうえ》、義母上《ははうえ》、ティアのことを頼みます」

「……わかった。すべて婿殿の言うとおりにしよう」

「ユリウス殿。どうかご無事で」


翌日。ノートゥン竜騎士王国から派遣されてきた護衛の使者に護られながら、ラスタニア国王夫妻とティア姫は密《ひそ》かに国外へと脱出したのだった。

国民に向けてはフリードニア王国との友好を深めるための外遊であると発表して。

◇◇◇

――ラスタニア王国に招待状が届く数日前。

マキャベリズムという言葉は『政治目的のためには手段を選んでいられないときもある』という意味から飛躍して『目的のためには手段を選ばないこと』という意味で使われることもある。そしてそんな手段を選ばない人物をマキャベリストと呼んで非難する。

これは主に博愛主義のキリスト教会がマキャベッリの思想を否定するために使用した言

葉であり、多分な誤解が含まれているように思われる。

　実際のマキャベッリがマキャベリストであるかどうかはまた別問題であると言えるだろう。しかしフウガ・ハーンに仕えることとなった参謀ハシム・チマに関しては、正しくマキャベリストであると言えるだろう。

　フウガが新たに本拠地とした旧シャムール王国の主都にある城の中で、ハシムはフウガに中立派であった王侯貴族を親睦を深めるためと宴に誘い出し、反フウガ派のテロ行為に見せかけて一気に皆殺しにする策を提案した。

　玉座に着いていたフウガは顔をしかめて、その傍らに控えていた妻のムツミは口を押さえて息を呑《の》んでいた。フウガはハシムをギロリと睨《にら》んだ。

「俺に、それを為《な》せというのか」

「いいえ。フウガ様の与《あずか》り知らぬところで、私が為します」

　ハシムはしれっとそう言ってのけた。フウガは頬杖《ほおづえ》を突いた。

「黙認しろというのならば同じだろう。……必要なことなのか？」

「フウガ様の望みが諸国連合の統一と、魔王領に向かっての領土拡張で留《とど》まるならば、必要ないでしょう。しかし、いずれグラン・ケイオス帝国やフリードニア王国と覇を競おうというのであれば絶対に必要なことです。我らには足りないものが多すぎます」

　ハシムは真剣な目で語った。

「東方諸国連合の人口は全部合わせても王国の半分程度もおりません。ましてや帝国と比べれば三分の一か四分の一といったところでしょう。これはこれから魔王領に向かって国土を増やしていったとしても覆るものではありません。そしていまの帝国も王国も優れた為政者を戴《いただ》き統治も安定しています。このままではその差は広がる一方です」

「だから……東方諸国連合の統一を急げと」

「はい。我らが二国に対して確実に勝っていると言えるのは、人々が英雄を求めているこの時勢と、フウガ様の求心力のみですから」

「ハッキリ言ってくれる……」

フウガは肩をすくめたがハシムの指摘は事実だった。

東方諸国連合の中の一国でしかなかったマルムキタンが、ここまで勢力を急拡大できたのは、単純に時流に乗ったというのが大きかった。

魔王領の拡大以後、閉塞感に包まれた諸国連合の人々が、フウガをそれを打破する英雄だと期待し、その期待を集めたからこそフウガは支持を得ることができたのだ。

「しかし、それは同時に危うくもあります。時流の中で人々の期待を集めている以上、フウガ様は常に結果を出すことが求められます。フウガ様が結果を出せずに歩みを止め、人々に期待外れだと思われてしまったが最後。フウガ様は国民の支持を失い、国はたちどころに瓦解することになるでしょう」

「人々の熱狂が冷めちまったらその時点で詰みってことか」

「はい。そしてこの時流に『あと何年は続く』という保証などありません」

「いつ終わるかわからない……だからこそ統一を急げと?」

「御意」

「兄上!」

二人のやり取りに堪《たま》らずムツミが口を挟んだ。

「中立派の中には、」

「ロス王国のハインラント王の養女となったサミがいるのだろう?」

「っ」

ハシムが冷静に告げると、ムツミは言葉を失った。

「それでもやらねばならない。たとえ親族同士敵味方に分かれようとも、血と家名は残さなければならない。これが父より継いだチマ家の長としてのあり方だ。それに討つのは王だけだ。抵抗しなければサミには手は出さない」

「兄上……」

「ムツミも、フウガ様の妃《きさき》となったのなら優先すべきはハーン家の繁栄だろう」

「それは……わかっています」

フウガのためとなればムツミも引き下がるしかなかった。

そんなムツミを見てフウガはハシムに尋ねた。

「これが一番、流れる血が少ないやり方なんだな?」

「はい。一時は陰謀として非難もされるでしょう。ですが、長い目で見ればこれが最も犠牲の少ないやり方なのです。後世の人々は理解してくれるでしょう」

「……生まれてもいないヤツにどう思われようがべつに構わんがな」

フウガはそう言うと意を決したように膝に手を突いた。

「いいだろう。お前の思うとおりにやるがいい」

「御意」

ハシムは低頭した。ムツミは悔しそうに顔を伏せていた。

フウガの許可も下りたことにより、この企みは実行に移されることになった。

◇◇◇

ハシムは反フウガ派との争いに中立を貫いた王侯貴族に対して、親睦を深めるためと称して招待状を送り宴《うたげ》へと招いた。そしてラスタニア王国などごく一部不参加を決めた国家もあったが、多くの中立派指導者がシャムール城へと集まった。そして、

――参加した中立派は皆殺しにされた。

参加者の中に交じっていた反フウガ派残党が火薬を用いた自爆テロを行い、その場にいた者たちは全員その巻き添えになったのだと発表された。

この報《しら》せに東方諸国連合は一時期大きく混乱したが、フウガはそのとき〝偶々《たまたま》〟席を外していて、難を逃れることができたと発表されると混乱は収まった。

もちろんこの事件をフウガによる陰謀だと疑う声はあった。

しかしそんな声はフウガ派の歓声によってかき消された。

東方諸国連合は中小国家の集合体だ。国の規模が小さいため国王の影響が及びやすく、その王を失うと最終的な意思決定を行う人物が不在となる国も多かった。

そういった国々は報復を考えることもなくフウガ派の傘下に収まった。

ただ僅かだが国王を殺されて抗《あらが》う国もあった。

そういった国は周辺のフウガ支持派によって滅ぼされることになる。

そんな抗った国の一つがロス王国だった。

巻き込まれて殺されたハインラント王。彼の養女となっていたチマ家の三女サミが、フウガに対して抗議の声明を出し、主都を囲む防壁の門を閉ざしたのだった。

そんなロス王国に、フウガ派であり、またハインラント王とも親しかったレムス王国のロンバルト王が兵を率いて城門の前へとやってきた。

兵たちは武器を構えてはおらず、ただ整列しているだけだった。ロンバルトがここに来たのはこの都市を攻めるためではなく、開城するよう説得するためだった。

「サミ殿！　戦にはしたくない！　大人しく降《くだ》ってくれ！」

「サミ！　お願い、門を開いて！」

ロンバルトの隣には、彼の妻となったサミの双子の姉ヨミの姿があった。

ほぼフウガの手中に落ちたこの東方諸国連合で、ただ一つの小国が抗ったところで先はない。フウガ派の軍勢にこの国ごと滅ぼされるだろうことは目に見えていた。

だからこそ双子の妹を助けたい一心で、ヨミは必死に呼びかけた。

「ヨミ、危ない！」

「っ⁉」

ロンバルトがヨミの手を引き、後ろに下がらせた。

すると先程まで二人がいた位置の足下近くに氷の塊が飛んで来て弾《はじ》けた。

二人が見上げると、都市を囲む防壁の門の上に、二人に向かって手を翳《かざ》しているサミの姿があった。そんなサミを護《まも》るようにロス王国の兵士たちも弓に矢をつがえて、レムス王国の兵たちを牽制《けんせい》していた。

「サミ……」

いまの魔法は警告だろう。本気になったら広範囲を凍《い》てつかせるだけの魔法を、サミは使えるのだから。サミはヨミたちを見下ろしながら言った。

「帰って、ヨミ」

「お願いサミ！　話を聞いて！」

「話すことなんてない」

サミは冷め切った目で言い放った。

「ハイン義父《とう》さんはもういない。私のことを娘のように可愛《かわい》がって、家族の温かさを思い出させてくれた人だったのに……そんな義父《とう》さんをフウガ・ハーンが殺した」

「あれは、反フウガ派の自爆によるものだって……」

「それが嘘《うそ》だということくらい、ヨミだってわかってるでしょう!?　これは……あきらかにハシム兄上のやり口だもの！」

「……………」

当然ヨミもそのことを察していたため、なにも言い返すことができなかった。

かわりにロンバルトが前に出て訴えた。

「私たちが帰ったとしても、すぐにフウガ殿の軍が来るだろう。そうなればロス王国はそこに住む民ごと消されることになる。……ハインラント殿のことは私も残念だ。だが、この上、ハインラント殿の愛した其方《そなた》や民まで犠牲にしたくない！」

「……………」

「降ってくれ！　其方や民の命は私がこの命に代えても守る！　仇討《かたきう》ちなどということを、あの優しいハインラント殿が望んでいるとは思えない！」

「その優しい義父を、殺したのは兄上です！　私の……兄なんです……」

サミの目から大粒の涙がこぼれ落ちた。

「あの宴への招待が、兄上の策謀だという気はしていました。私は、行かない方がいいと言ったのです。だけど義父《とう》さんは……行かないことで疑念を持たれ、私や民に危険が及ぶようなことがあってはいけないと……一人で……」

「サミ……」

「サミ殿……」

「私は！　兄上を、ハシム・チマを許せない！」

サミがそう言うと身体《からだ》の周囲を冷気が包んだ。

空気中の水分を凍らせてキラキラと輝いている。おそらく本気の氷魔法を使おうとしているのだろう。サミはヨミとロンバルトに向けて手を翳した。

「ハシムに味方するなら、ヨミ、私は貴女《あなた》も……」

「やめてサミ！」

サミが魔法を使おうとした、そのときだった。

「やっぱり、こうなってしまうのか……」

「っ!?」

いきなり掛けられた声にサミが驚いて背後を振り返った。

するとそこにはいつの間にかフードで顔を隠した男性が立っていた。

これにはロス王国、レムス王国双方の人間が驚いた。サミが咄嗟《とっさ》に魔法を使おうとすると、その人物がそれよりも早く接近し、サミに対して当て身をした。

サミは「うっ」と声を出しながら意識を刈り取られることになった。

守備兵たちが殺気だち、弓矢の先を向けると、フードの男は手の平を見せて制止しながらゆっくりとフードを取った。

「武器を収めてください。僕はニケ・チマ。ここにいるサミ姉さんと、あそこにいるヨミ姉さんの弟です」

その人物はセバル平原の戦いから一人姿を消していたチマ家の四男ニケだった。

防壁の外からその姿を見てヨミが目を丸くしていた。

「ニケ!?　どうして貴方《あなた》がここに!?」

「ムツミ姉さんの指示です。多分こうなるだろうことを見越して、中立派だったサミ姉さんを護るためにロス王国に潜入していました」

そう言うとニケは意識を失ったままのサミを担ぎ上げ、ロス王国の兵士たちに告げた。

「サミ姉さんのことは僕が責任を持って護ります。だから貴方たちは開門し、ロンバルト殿に降ってください」

その言葉に兵士たちはざわめいた。しかし、しばらくすると、

「……そうですか」

そう言って武器をしまった。彼らがサミに従ったのは、せめてハインラント王が愛していたサミだけでも守り抜きたいと思ったからだった。

そのサミの安全が保障されるならば、これ以上争う意味もなかった。

ロス王国の兵士たちが落ち着いたのを見届けて、ニケは意識を失ったままのサミを担いで門から外へと出た。するとヨミとロンバルトが駆け寄ってきた。

「ニケ……」

「ヨミ姉さん。サミ姉さんは連れて行きます」

その言葉で、ヨミはいろんなことを察してしまった。

「もう……この国にはいられないの？」

「この国にいるかぎり、サミ姉さんはフウガ殿とハシム兄上を恨み続けることでしょう。そんな姉さんを放っておくほど、兄上は甘くありません。いつか殺されてしまう」

「そうならないように、というのがムツミ姉さんの指示？」

「ええ。『もうこれ以上家族を失いたくないから』……と」

「そうなんだ……」

もうどうにもできないのだということを悟り、ヨミは引き下がった。

たとえこれが双子の片割れとの今生の別れとなったとしても、サミが殺されるよりはマシだと思ったからだ。かわりにロンバルトが尋ねた。

「ニケ殿はこれからどこへ行かれるので？」

「まずはサミ姉さんをフリードニア王国にいるイチハのところに預けます。あの国ならばフウガ殿や兄上でもおいそれとは手が出せないでしょう。僕の身の振り方は……まあ追々考えていきます」

「しかし、ソーマ王はフウガ殿を支持していたのでは？」

「暗殺未遂事件に関してはそうですが、裏では違うのかもしれません。だからこそムツミ姉さんは姉上の匿《かくま》い先に指定したのでしょうから」

　ニケは門の近くに用意してあった馬にサミを乗せた。

　そして自らも馬に跨《また》がると、ヨミとロンバルトに別れを告げた。

「それではヨミ姉さん、ロンバルト殿も。お元気で」

「ニケも。それと……サミにもどうか『健やかに』と」

「はい」

　ニケは馬を走らせた。南へと去りゆくニケとサミ。

　その背中をヨミとロンバルトは見えなくなるまで見つめていたのだった。

◇　◇　◇

「ようやく、この国もまとまったか」

　シャーン城の玉座につくフウガが目の前に立つ参謀ハシムに言った。

　ハシムは胸の前で手を組み、頭を下げた。

「御意。反フウガ派は一掃され、中立派の向背定かならぬ者たちもまた一掃されました。もはやこの東方諸国連合にフウガ様に敵対しようというものはおりません」

「そのために、ムツミには悲しい思いをさせたがな……」

　フウガは玉座の手すりに頰杖《ほおづえ》を突きながらハシムをジッと見つめた。

ハシムは「仕方ありません」と言ってもう一度頭を下げた。

「フウガ様が大陸に覇を唱えるためには、早急にこの国をまとめる必要がありました。そのことはムツミもわかっていることでしょう」

「……」

「それに、ヨミの報告に寄ればサミはニケが連れ出し無事とのこと」

「ああ。こうなることがわかっていてムツミが弟に指示を出していたみたいだな。『勝手なマネをしました』とムツミに謝罪されたよ。まあ結果としてロス王国を一滴の血も流さずに開城させたんだから不問にしたがな。妹に出し抜かれたな、ハシム？」

フウガが皮肉交じりに茶化すと、ハシムは肩をすくめた。

「フウガ様の奥方が賢き人物であり、それが妹なのですから歓迎すべき事でしょう。もっとも、サミはイチハのいるフリードニア王国へ向かったようです。あまりあの国に人材が流れる事態は歓迎できませんが」

ハシムはとくになんとも思っていないようだった。フウガは鼻を鳴らした。

「ふん。あの国にはユリガもいるからな。もしサミが俺を恨んでいるとしたら、ユリガになにかすることもあり得るか。ソーマに警護するよう要請しとくか？」

「おそらくは大丈夫でしょう。サミは賢いですから、仇《かたき》と思うなら私でしょうし」

実の妹に仇と恨まれても平然としているハシム。

これが謀略で家を残し、名を残してきたチマ家の血か、とフウガは目を細めた。

「それで？　敵が居なくなったこの国で、これからどうする？」

「まずは東方諸国連合がフウガ様のもとに一統され、新たな国家となったことを内外に示すべきです。国名を変えもはや連合国家ではなく単一の国家であることをしめし、また正式にこのシャーン城をフウガ様の居城とし、名前を変えて政の庁とします。そしてこの国で随一の人口を誇るこの都市を、フウガ様の造る新たな国家の首都とします」

「シャーン王国だったこの都市を首都に？　故郷の草原じゃダメか？」

フウガがそう尋ねると、ハシムはハッキリと首を横に振った。

「草原には一国の首都にふさわしい城も都市もないでしょう。新たに建設し、人を集めるのは無駄手間です。マルムキタンに首都を造ったとして、草原の民や古参の将兵たちは喜ぶでしょうが、それより遥《はる》かに多くの国民たちがフウガ様を侮りましょう。ここにこんな立派な城と都市があるのですから有効活用しましょう」

「そうか……」

フウガは少し残念そうにしていたが、その献策を受け入れた。

もしこの会話をソーマが聞いていたとしたら『ハシムはフウガに項籍《こうせき》と同じ過ちをさせなかったか』と感心半分、苦々しさ半分に思っただろう。

項羽《こうう》の名で知られる項籍は秦《しん》を滅ぼし天下人となったあと、秦の都であった咸陽《かんよう》が地の利に優れていたため「都にすべし」という配下の進言を聞かず、

『富貴不帰故郷、如衣繡夜行、誰知之者（成功して故郷に帰らないのは、夜道で立派な着

物を着るようなものだ。誰が知ってくれるだろう)』

……と言って彭城《ほうじょう》に遷都した。

その結果として、人口も多く重要拠点だった関中《かんちゅう》は、劉邦《りゅうほう》が東進してきた際にあっさりと陥落してしまうこととなり、どんなに合戦での勝利を重ねても巻き返せないだけの国力を劉邦側に与えてしまうことになった。

またマキャベッリも、固有の法をもって統治されていた国(都市)を征服した際、どのように統治すべきかについて、一つ目は徹底的に破壊すること、二つ目はそこに住むこと、三つ目は傀儡《かいらい》政権を作って統治させることという方法をあげている。

ハシムの献策はこの二つ目にあたるものだった。

フウガは面倒くさそうにボリボリと頭を掻《か》いた。

「新しい国名な……マルムキタン王国じゃだめか？」

「古参と新参とに溝を作るだけです。形だけとはいえ支持派の国家さえ滅ぼしたように見えます。マルムキタンの民にも新たな国家の名の下に従わせるのがいいでしょう。面倒なら『フウガ・ハーン王国』でも良いのですが？」

「そんな自己主張の強い名前を付けたらシュウキンたちに大笑いされそうだ」

「貴方のもとに兵も民も集ったのです。べつにおかしくはないと思いますが……ですが、その前にやらねばならないことがあります」

ハシムは真顔になって言った。

「東方諸国連合内の中立派で残った最後の一国『ラスタニア王国』の処理です。あの国を放置したままでは新たな国を興すことなどできません」

「西端にあるあの国か……」

フウガはその太い腕を組みながら唸《うな》った。

「あの国は面倒くさいぞ。強力な竜騎士を多く抱えているノートゥン竜騎士王国と同盟を結んでいるし、次期王と目されているユリウスは、ソーマの第三正妃ロロアの兄だ。つまり義兄にあたる。手を出せば方々を敵に回すおそれがある」

「ええ。ですから最後まで放置しておいたのです」

するとハシムは懐から一通の書状を取り出した。

「この父上の人物評には二つの意味があります。一つは『東方諸国連合内に埋もれた賢人を登用せよ』ということ。そしてもう一つは『この賢人を登用できないなら、敵に回る前に処理せよ』ということです」

「……」

実際にこれまでフウガとハシムはそのように行動してきた。

このリストの中で従う者は重用し、どうしても出仕を拒む者は謀殺してきた。

もっともいまの日の出の勢いのあるフウガへの出仕を拒む者は両手で数えるほどもいなかったのだが。人材マニアのソーマならそれでも必死で説得したり懐柔したりするのだろうが、より合理的な思考のハシムはそのような手間を嫌ったのだ。

ハシムはその書状をパンと叩《たた》いた。

「そして、このリストにある名前の中で、最後に残っているのがラスタニア王国のユリウス殿です。父は彼《か》の男がこの国にある中で最も得がたき才であると思っていたようです。味方となれば心強いが、敵に回れば恐ろしい人物であると」

「さっきも出たソーマの義兄だな」

「はい。元アミドニア公国の公子であり、彼の父ガイウス殿はソーマ王との戦いの中で討たれています。そして妹のロロア姫に国を奪われ追放されました。だからフリードニア王国の復仇《ふっきゅう》を餌にすれば、臣従させることもできるかと思ったのですが……」

「無理だったと」

フウガの言葉にハシムは深く頷《うなず》いた。

「魔浪《まなみ》のときにユリウス殿はフリードニア王国に対して独自に援軍を要請しました。仇に対して頭を下げてまで実利を求める行為には好感が持てますが、そのときに友誼《ゆうぎ》を結んでしまったのかもしれません。ユリウス殿とラスタニア王女の結婚式の際には、ロロア姫が祝いの品を贈っていたようですし、兄妹仲も復旧したと思っていいでしょう」

「つまりユリウスはソーマと近しい人物ということか」

「ええ。放置できないほどに。そして鼻も利きます。中立派を一掃したあの謀略の宴《うたげ》にも参加しませんでした」

「厄介だな……」

ユリウスに手を出せばフリードニア王国を刺激するかもしれない。

ソーマからは自分とは違う底知れなさを感じていたフウガにとって、彼の王国と本格的にやり合うのは時期尚早だと考えていた。しかし、このまま東方諸国連合に置いておくのも危険な才をユリウスは有している。獅子《しし》身中《しんちゅう》の虫になりかねない。

「……やはりラスタニア王国は放置できないな」

フウガはそう決断した。ハシムは大きく頷いた。

「御意。ユリウス殿を放置すればこちらの内情が王国に筒抜けになります。それにユリウス殿は王国にとってはかつての敵です。殺されたとしても王国としては静観するしかありません。たとえソーマ王やロロア妃がどう思おうと」

「どうする？　周辺の国家に攻め込ませるか？」

「いえ、あの国に攻撃を仕掛ければノートゥン竜騎士王国が出張ってくるでしょう。竜騎士王国は最盛期の帝国の攻撃さえも凌《しの》いだ国です。……まあ実態は被害の多さを考えて放置に方針転換しただけのようですがね」

ハシムは肩をすくめたが、すぐに真面目な顔になって言った。

「生半可な戦力を差し向けたところで、竜騎士王国には圧力すら掛けられないでしょう。ここはフウガ様ご自身が精鋭を率いて攻めるべきです」

「俺が直々に、か？」

フウガの問いかけにハシムは頷いた。

「これは時間との戦いです。東方諸国連合が敵に回れば、たとえノートゥン竜騎士王国の援軍があっても、ラスタニア王国だけでは国が維持できません。土地は荒れるし、物流も止まります。だからユリウス殿は攻め込まれそうな気配を感じれば、国外への脱出を試みることでしょう。国外へ逃がせば厄介なことになります」

「そうだな。ソーマのところに行かれたら……厄介だ」

「御意。そしてノートゥンの竜騎士が出張ってきたときは……」

「俺とドゥルガぐらいしか対処できないわな」

フウガはハルバートとルビィという王国の竜騎士を見たことがあった。

アレとまともにやり合って勝てるのは、フウガ軍の中ではフウガと飛虎ドゥルガくらいだろう。現在、東方諸国連合内の飛竜騎兵《ワイバーン》を集めて空軍を再編しているところだが、それだけでは良いようにやられるだけだ。

「……わかった。精鋭を集めろ。ラスタニア王国を攻める」

「御意」

フウガは急ぎ精鋭をかき集めると、ラスタニア王国へと出陣した。

第八章　大きな小競り合い

――フウガ軍、ラスタニア王国へ向けて進軍。


その情報はユリウスへと届き、ユリウスはノートゥン竜騎士王国へ援軍を求めると同時に、ジルコマなど希望者を連れて竜騎士王国への脱出を図った。

事前の根回しも済んでいたため、竜騎士王国のシィル・ムント王女は竜騎士を派遣することを即決し、ユリウスを脱出させるべく自ら一軍を率いて援軍に向かった。

しかし精鋭のみのフウガ軍の行軍速度はユリウスの予想よりも速かった。

フウガ軍の精鋭はユリウス率いる集団がラスタニア王国と竜騎士王国の国境を越える前に捕捉し、彼らの目前にまで迫った。

そして国境近くで彼らを救援に来た竜騎士王国の援軍と激突することとなった。

このフウガ軍と竜騎士との間で行われた戦いは、ユリウスとハシムという二人の俊英が、互いに相手の力量を見誤ったことにより起こった出来事と言えるだろう。

ユリウスはハシムの果断さを理解し、十分に間に合うように仲間を連れて国外脱出を図った。ノートゥン竜騎士王国からの援軍を警戒し、軍勢を万全に整えていればフウガ軍の行軍速度は遅くなるだろうと、そう予測を立てていたのだ。

しかし、フウガ軍は機動力のある精鋭部隊のみで構成されていたため、竜騎士王国の国境を目前にしてユリウスたちは捕捉されてしまっていた。

一方、ハシムも精鋭部隊のみで強襲すれば、ユリウスたちが逃げ出す間もなく捕らえることができるだろうと考えていた。もし竜騎士王国の援軍が派遣されるよりも前に彼らを捕らえられれば、竜騎士との余計な戦闘は避けられるだろうと。

しかし、ユリウスはハシムが思っていたよりもずっと早く行動を起こしていたため、竜騎士王国の国境近くまで逃げられてしまい、竜騎士王国からの援軍との戦闘が避けられない状況になってしまったのだ。

どちらかの読みが勝っていれば起こりえなかった戦い。

実力が伯仲している者同士のために起こってしまった戦いと言えるだろう。

◇◇◇

ノートゥン竜騎士王国との国境に近い平原を、騎馬や馬車の一団が駆け抜けていた。

その先頭を走るのはユリウスとジルコマだった。

ジルコマは歩行での戦闘が得意だったが、今日だけはそうも言っていられず馬に乗っていた。そんなジルコマが併走するユリウスに話しかけた。

「しかし、意外だったな。ユリウス」

「なにがだ？」

「我らに付いてきた人数だ。国中に声を掛けたにもかかわらず、我らと共に国を脱出する決断をしたのは非戦闘員を含め四十名ほどだろう？」

ジルコマは後方の騎馬や馬車の群れを見ながら言った。

「ティア姫たちラスタニア王家の方々は、国の人々から愛されていたではないか。もっと多くの者が王家と共に国を脱出する決断を下すと思っていたのだが……」

「いまは……愛される王よりも強き王が欲しいのだろうさ。国民たちは」

ユリウスは少し憂いを帯びた顔で言った。

その表情には国民たちに対する不満や憤りのようなものはなく、むしろ付いてこなかった国民たちを労《ねぎら》っているようにさえ見えた。

「仕方の無いことだ。さきの魔浪《まなみ》でこの国の人々は多くの血を流した。フリードニア王国からの援軍を得てなんとか勝利したが、家族や友を失った者も多い」

「ああ。だがそんな国民を守ったのがラスタニア王家だろう？」

「感謝はしてくれていただろう。だが……次にまた魔浪《まなみ》が発生したとき、自分たちはどうなるのか？　フリードニア王国はまた援軍を出してくれるだろうか？　仮に出してくれたとしてその到着が遅れたら？　自分たちの力だけではどうにもできないのではないか……そういった不安を国民たちは常に抱えていた。だから、」

「この国にとって力の象徴となったフウガの支配を是とする、ということか。なんというか……やるせないな」

「だから仕方の無いことだと言っただろう」

ユリウスは小さく笑った。

「誰だって自分や家族が優先だ。私だって、こうなることを見越してティアたちを先に避難させていたわけだからな」

「ハハハ、そうだな……私も、王家の方々の護衛と称して、私の家族を同行させてもらったわけだし」

ジルコマの妻となったローレン兵士長は、ティア姫たちに同行して先にフリードニア王国へと向かっていた。ジルコマとローレンの間には子供がすでに複数人生まれていて、まだ小さかったこともあり、ローレンが先に連れだしたのだ。

ローレンは国の大事に残れないことを悔しがっていたが、ジルコマは王家の方々の護衛も重要な役目であると説得したのだった。

「国を逐《お》われるのは……二回目か」

ユリウスがポツリと呟《つぶや》いた。ジルコマは痛ましそうに彼を見た。

「辛《つら》いか？　ユリウス」

「……いや、無力な自分を悔やむ気持ちはあるが、不思議とそこまで暗い気分にはなっていない。公国を逐われたときは胸の中にどす黒いものが這《は》い上がってくるのを感じたものだが……」

するとユリウスは不意に空を見つめた。澄み切っていて高い空だ。

「あのときは国に裏切られたような気がしていたが、いまはそれがない」

「当たり前だ。国とは詰まるところ居場所だろう」

ジルコマもまた空を見上げながら言った。

「自分にとって居心地が良い場所。それが居場所だ。自分が居て、大事な人が居るからこそ心地よく感じる場所。それが国なのだろう。だからこそ愛し、守りたいと思う。私はローレンを妻にもらい、子供も生まれて、故郷への未練は感じなくなったしな」

難民として国を失ったことがあるジルコマだからこそ、ユリウスの中の変化の理由がわかった。ユリウスは小さく笑った。

「……そうだな。いまの私にとって、ティアの居る場所が国なのだろう」

「ああ。だからこそ、生き延びねばなるまい」

二人がそんなことを話していたそのときだった。

見上げる空から一騎の竜騎士が降りてきた。

日の光を浴びて白く輝く竜《ドラゴン》はナデンの親友であるパイ・ロン・ムント。

そのパイに乗っているのはノートゥン竜騎士王国の王女であり、パイの伴侶であり、竜騎士でもあるシィル・ムントだった。

シィルは兜《かぶと》から覗《のぞ》く凜々《りり》しい顔を焦らせながら、二人に言った。

「ユリウス殿、急いでくれ！　マルムキタンの軍勢は間近に迫っている！」

「シィル殿、援軍感謝いたします！」

ユリウスは馬の足を止めないまま言った。

「我らはすでに国を失ったも同然なのに、盟約を守っていただき……」

「なんの。ラスタニア王家の方々の長年の友誼《ゆうぎ》と実利を考えれば当然です」

そんなシィルの言葉に、ユリウスは首を傾《かし》げた。

「友誼はともかく、実利ですか？」

「ええ。盟友であるラスタニア王国が失われれば、我らは外との交易の窓口を失うことになります。フウガがこのまま勢力を伸長すれば、我が国は包囲されることになります。竜族との盟約で他国へ侵攻できない我らは日干しにされるでしょう」

シィルは忌々しそうに言った。

もしフウガの国と取引するとなったら、フウガは竜騎士王国に臣従を強いるだろう。竜族との盟約によって他国への戦争行為に竜《ドラゴン》を利用することは禁止されているため、フウガが竜騎士を用いることはできない。人類同士での戦争に用いようとすれば、竜族はすべて星竜連峰へと引き上げるという契約になっているからだ。

だからこそフウガにとって竜騎士王国は利用価値のない国なのだ。

そんな国に対して気を遣うことなど、フウガにはないだろう。物資の流れを止め、内から崩壊させようとしてくるかもしれない。

するとシィルはユリウスに対してウインクした。

「だからユリウス殿。無事に逃げ切ったら、フリードニア王国との窓口になっていただきたい。星竜連峰経由でなら竜騎士を使って物資の輸送もできるからな」

「竜騎士を運び屋に使うのですか？」

「うむ。いっそ『ノートゥン運び屋王国』とでも名乗ろうか」

「威厳もなにもあったものじゃないですが……」

しかし悪くない発想だとユリウスは思った。頭の良い彼はこんな切羽詰まった状況でありながら、国家規模の運送業という発想に対して素早く試算していた。

盟約で竜族の利用が禁止されているのは他国への侵攻であって、物資の輸送ならば盟約に違反しない（軍事物資以外なら、という但し書きが付くかもしれないが）。

竜《ドラゴン》の巨体ならば木造大型船一隻分くらいは運べそうだ。

ただ竜騎士が国の象徴であり、人々の憧れの的になっている竜騎士王国で、竜騎士に運び屋をさせるというのは反発を生むかもしれない。

国宝の剣で草刈りをしているかのように映るからだ。

だからこそ、これまではそのような発想が出てこなかったのだろうが……フウガによって追い詰められれば、旧態依然とした国にも変化が求められるのだろう。

（ソーマなら、喜んで取り組みそうな発想だ……）

ユリウスは内心でそんなことを思い、口角を上げた。

「承知しました。必ず、ソーマ王にお伝えしましょう」

「頼みます。……それでは、運び屋稼業第一号としてユリウス殿を安全に王国へとお運びするため、フウガ軍に一当てしてきましょうか」

「……お気を付けを。フウガは想像以上の猛者です」

『わかっています』

シィルに代わって念話でそう答えたのはパイだった。

『ナデンとルビィからの手紙にも書いてありました。フウガと飛虎ドゥルガの組み合わせは竜騎士に匹敵するか、或《ある》いはそれ以上だって』

「そういうことだ。油断などはしない。全力であたらせてもらう」

パイの言葉にシィルが同意した。ユリウスは頷《うなず》いた。

「……ご武運を」

「貴殿もな」

そう言うとシィルとパイは風を纏《まと》わせて舞い上がり、ちょうど上空へとやってきた竜騎士隊三十騎と合流すると、迫るフウガ軍へと向かって行った。

◇◇◇

それから半時間ほどが経過しただろうか。

ユリウスたちの部隊を追おうとするフウガと配下の空軍部隊の前に、ノートゥンの竜騎士たちは立ちはだかり続けた。

「邪魔するな！　いい加減鬱陶しいんだよ！」

ガルオオオアア！

咆吼《ほうこう》と共に繰り出された飛虎ドゥルガの前足の一撃が、竜《ドラゴン》の胸部を大きく切り裂き仰《の》け反《ぞ》らせた。それと同時にフウガが放った矢が乗っていた竜騎士の胸を貫く。

「ぐっ……」

竜《ドラゴン》と騎士は揃《そろ》って地上へバラバラと落下していった。

その光景を見ていたシィルとパイは怒りに震えた。

「おのれフウガあああ!!」

『よくも、仲間たちを！』

すでに彼女たちの目の前で、五騎の竜騎士が討たれ地表へと落ちていった。

（よもや、これほどの力を持っているとは……）

シィルはフウガ軍とぶつかるのに際して、率いて来た三十騎の竜騎士を三つに分け、一部隊を地上の兵たちを足止めするため攻撃に向かわせ、もう一部隊をユリウスたちの護衛に付かせて迫るフウガ軍の飛竜騎兵《ワイバーン》を迎撃させた。

そしてシィルは残りの十騎を率いて、一番の強敵であるフウガと対峙《たいじ》していた。

（たった一人で戦局を覆す……まるで物語に出てくる英雄のようだ）

シィルは念には念を入れ万全の態勢を敷いていたはずだ。実際に陸軍を攻撃中の部隊とユリウスたちの護衛に付かせた部隊は着実にフウガ軍を圧倒していた。

しかしフウガの実力はシィルの予想を大きく超えるものだった。フウガと彼を護衛していたわずかな飛竜騎兵《ワイバーン》によって、シィルたちは劣勢を強いられていた。

正確には飛竜騎兵《ワイバーン》たちが必死に時間稼ぎをしている間に、フウガとドゥルガが一対一に持ち込んで各個撃破していたのだ。シィルとパイが邪魔な飛竜騎兵《ワイバーン》を殲滅《せんめつ》し終わったときには、すでに五騎の竜騎士が討たれていた。

ノートゥン竜騎士王国の歴史の中で見ても、たった一人相手にこれだけの被害を出したことなど聞いたこともなかった。

巨大で強力な竜《ドラゴン》に乗って戦う竜騎士と、一対一で戦えるとすれば同じ竜騎士のみ。

そう信じ込んでいた竜騎士たちは目の前の光景が信じられず、怯《おび》え、竦《すく》んでいた。

「どりゃあああああ!!」

そうして動きを止めていた竜騎士のもとに、ドゥルガの背中から跳んだフウガが雷を帯びさせた斬岩刀を騎士めがけて振り下ろした。

咄嗟《とっさ》に剣を構えた騎士だったが、
バリバリンッ――――!!

フウガが斬岩刀を叩《たた》き付けた瞬間、太い雷が竜《ドラゴン》ごと騎士を貫いた。

巨大なゾンビライノサウルスに大穴を開けた一撃だ。

騎士の身体《からだ》は消し飛び、身体に大穴を開けられた竜《ドラゴン》が落ちていく。

残ったのは背中の翼を広げて滞空しているフウガ一人のみ。

その光景にパイは息を呑《の》んだ。

『人の身でナデン並みの電撃を操るなんて……』

「くっ、虎も化け物なら人間も化け物か」

滞空中にドゥルガに拾われたフウガを見て、シィルは奥歯を噛《か》み締めた。

「これ以上、部下をやられるわけにはいかん。行くぞ、パイ！」

『はい、シィル様！』

白竜パイが体勢を立て直しきっていないフウガとドゥルガに襲いかかった。

パイの口から火炎が放たれると、ドゥルガはフウガを庇《かば》うように敢《あ》えて自分の身体の側面を晒《さら》した。そこに火炎がぶち当たるとドゥルガは大きく弾《はじ》き飛ばされた。

空中で体勢を立て直したドゥルガの左側面の毛は焼かれ、一部は損傷していた。

……いや、竜《ドラゴン》の火炎の直撃を受けてその程度で済んでいること自体、ドゥルガが規格外の生物であることの証左なのだが。

そんな相棒の傷を見て、フウガの顔からいつもの余裕が消えた。

「ちっ、やってくれる。これまでのヤツとは違うか」

「フウガ・ハーン！　仲間の仇《かたき》は討たせてもらう！」

シィルがパイの上でランスを大きく振るった。

フウガは咄嗟に身体を右に傾けると、フウガの顔の横を風が通過し、彼の頬を浅く切り裂いた。流れた血を籠手《こて》で拭い、フウガはシィルを睨《にら》んだ。

「やるな。さすが竜騎士を率いているだけのことはある」

「抜かせ！」

シィルとパイが風の刃と炎で同時に攻撃する。フウガはドゥルガを走らせて回避しながら接近すると、さっきと同じようにドゥルガの背中から跳びあがった。

斬岩刀に電撃を帯びさせながら上からシィルに向かって襲いかかった。

『させない！』

ブオン――バシンッ！

パイはその場で身体を回転させ、風車のように回した翼でシィルに迫るフウガを弾き飛ばした。走ってくるライノサウルスに撥《は》ねられるくらいの衝撃をまともに喰《く》らい、さすがのフウガも苦悶《くもん》の表情を浮かべた。

「ぐっ……ドゥルガ！」

撥ね飛ばされながらフウガが叫ぶと、その声に反応したドゥルガは、体勢を立て直し切れていないパイに急接近して前足を振り上げた。

パイは咄嗟に首を反《そ》らして躱《かわ》そうとするが、その顔面にドゥルガの爪が迫る。

猫パンチと呼ぶには鋭すぎる一撃がパイの顔面を抉《えぐ》った。

『ぐあっ!!』

「パイ!?」

見ればパイの竜頭の左半分に、クッキリとドゥルガの爪痕が残り血が流れていた。

おそらく左目は視力を失っているだろう。

それでも自分が落ちれば伴侶であるシィルも命を落とすことになる。

そのことを理解しているパイは痛みを堪《こら》えて飛び続けた。

『大丈夫……まだやれます』

「パイ……」

「ふっ、お互い、相棒に恵まれているな」

すると撥ね飛ばされた先で、背中の翼を羽ばたかせて空中に待機していたフウガが言った。そんな彼のもとにドゥルガは駆け寄っていき、再びその背中に乗せた。

パイの翼の一撃を受けて多少身体は痛むが、フウガはまだまだ元気そうだった。

一方でシィルを乗せたパイは気力で飛んでいるのがやっとな状態だった。

そんなシィルたちに対してフウガは斬岩刀の切っ先を向けた。

「だが、勝つのは俺とドゥルガだ」

「「「姫様っ」」」

フウガとシィルの攻防戦に入れなかった四騎の竜騎士たちが、シィルの盾になるべく二人の間に割って入った。四騎はたとえ捨て身で特攻することになったとしても、なんとしてもフウガを道連れにしてやろうと悲壮な覚悟を決めていた。

それを見てフウガは獰猛《どうもう》な笑みを浮かべた。

「いいぞ。俺たちが何匹だろうと喰らってやる」

「くっ」

シィルが顔をゆがめたそのときだった。一頭の飛竜《ワイバーン》が近づいてきた。

「フウガ様！　ハシム様が『停戦』を進言されています！」

「停戦？　やっと、面白くなってきたところなんだがなぁ……」

フウガはそう言いながら眼下の様子を見た。

地上部隊は竜騎士の攻撃を受けて完全に足が止まってしまっていた。空からの一方的な火炎攻撃を喰らい続けていたのだから無理もないだろう。

またすでにユリウス率いるラスタニアの将兵たちの姿は見えず、すでにノートゥン竜騎士王国の国境を越えてしまったのだろうことがわかった。国境を越えてまで追撃しようとすれば竜騎士王国との全面戦争となってしまう。

六騎を失った竜騎士王国の損耗率は約二割。

フウガの軍も同じ程度の被害が出ていそうだが、ユリウスの捕縛という目的を達成できなかった以上、戦略的には負けといったところだろう。

「やっぱり勝てるのが俺だけじゃ話にならねぇな」

フウガは肩の力を抜くと斬岩刀を下ろし、シィルに呼びかけた。

「そんなわけだ、竜騎士の国の姫よ。追跡対象がそっちの国に入ってしまった。これ以上続ければ全面戦争になる。それはそちらとしても望むことではなかろう。俺たちも兵を引くから、そちらもこの国から立ち去られよ」

「くっ……」

急な停戦要請にシィルは顔を悔しげに歪《ゆが》ませた。

仲間の仇は討ちたい。しかしこれ以上戦えば更なる犠牲が出ることだろう。

すでにユリウスたちの逃走補助には成功しているわけだし、これ以上の戦闘行為はただの私闘になってしまう。下手をすれば竜《ドラゴン》との契約にも抵触するだろう。

竜騎士を率いる者としてそのような愚を犯すわけにはいかなかった。

「……承知。だが竜騎士たちの亡骸《なきがら》は回収させていただく。竜《ドラゴン》たちの亡骸は星竜連峰へと返すことになっている。スカルドラゴンのような魔物にしないためでもある」

「ふむ、いいだろう」

「撤退の合図だ」

シィルがそう言うと竜騎士たちが角笛を吹き始めた。

地上近くで戦っていた竜騎士たちはその音を聞くと戦闘をやめた。

戦い抜いた竜騎士たちがシィルのもとへと集まってくる。

シィルは配下に竜《ドラゴン》と騎士の亡骸の回収を指示した。

その完了を見届けると、シィルはフウガを一瞥《いちべつ》しながら踵《きびす》を返した。竜騎士たちは傷ついたシィルとパイを守るように囲んで飛び去って行った。

「……良く統率がとれてやがる。あんな空軍戦力が欲しいものだ」

竜騎士たちを見送ったフウガは、そんなことを思いながら地上へと降りていった。

そして地上部隊の指揮を執っていたハシムのもとへとドゥルガを走らせると、拝礼して迎えた彼の前に降り立った。

「もう少しで敵の王女を討てそうだったんだがなぁ」

「ノートゥン竜騎士王国との全面戦争は愚行であると何度も説いたはずです」

顔を上げたハシムがやれやれといった様子で肩をすくめた。

そして鋭い目をしてフウガに言った。

「いまの戦いで確信しました。我らの国と竜騎士王国とが戦えば、まず間違いなく我らが勝ちましょう。竜騎士は強力ですが数は多くありません。同時に多方面から攻め込み、竜騎士が出てきたら撤退するを繰り返せば、国が荒廃し、圧倒的多数である竜騎士以外の国民たちに厭戦《えんせん》気分が蔓延《まんえん》しましょう」

「国民たちが竜《ドラゴン》との契約より、俺たちに付くほうを選ぶって話だったな」

「はい。そうなれば竜騎士王国は滅びましょう。しかし、そうなると竜騎士たちがすべて他国に亡命する可能性があります。それは非情に厄介な事態です。ですから、」

「滅ぼすとしても最後の最後、だろ？　わかってるさ」

フウガはハシムの肩に手を置いて頷《うなず》いた。

「しかし、ユリウスのことは残念だったな」

「……はい。私が思っていたよりも決断の早い人物だったようです。フウガ様の国に是非欲しい人材であり、敵に回すと面倒な人物なので確保したかったのですが……」

「縁が無かったんだろうさ。だが、もう一つの目的は達成できただろう？」

「ええ。なんとか追いつき、竜騎士王国と戦うことができました」

今回のフウガのラスタニア王国への出兵。

第一目標はラスタニア王家（とくにユリウス）の捕縛であったが、第二目標は援軍にやってきたノートゥン竜騎士王国の竜騎士たちと戦闘し善戦することだった。

最盛期の帝国でさえ痛み分けに終わった竜騎士王国に対して善戦できれば、国民たちのフウガへの期待感はさらに増すことだろう。

フウガとドゥルガのコンビは竜騎士を六騎も倒しているのだ。

この報《しら》せに国民が熱狂しないわけがない。それだけの戦果をフウガたちは竜騎士王国と全面戦争することなく、小競り合いのうちに成し遂げたのだ。

ハシムは手を前で組みながら、フウガに言った。

「これまで人々が期待したのは魔王領の奪還でした。ですが、此度《こたび》の戦果により、人々はフウガ様ならば大陸制覇も夢ではないと思うことでしょう。この潮流に乗り、どこまでも駆け上がって行ってください」

「ああ。だが、そのためにはまず敵の居なくなったこの国をまとめ上げなくてはな。駆け上がるためにも足下は盤石なものにしなくてはならないからな」

フウガたちはラスタニア王国の主都に入ると戦後処理にあたるのだった。

◇◇◇

この竜騎士王国に対しての戦果によって、フウガは国民から『彼《か》の王は竜喰らいの虎である』と讃《たた》えられるようになり、虎はフウガ軍のシンボルとなる。

フウガは『大虎王』と呼ばれるようになり、彼の配下は『虎の○○』という二つ名を付けられることになる。妻のムツミ・ハーンは『虎の伴侶』、参謀ハシム・チマは『虎の知謀』、フウガの右腕である勇将シュウキン・タンは『虎の剣』、フウガを庇って矢を受けた老将ガイフク・キインは『虎の盾』……といった風に。

だが、それはもう少し先の話だった。

第九章　亡命者たちの仕官

――王都パルナムにて。


「陛下。つい今し方、先触れが来ました。参られるようです」

王城の政務室で仕事をしていたとき、ハクヤがやって来てそう告げた。

「っ！　来たか！」

待っていた報せに、俺は椅子を蹴って立ち上がった。

ラスタニア王国と竜騎士王国の国境線近くにて、フウガ軍とノートゥンの竜騎士たちとの間で小競り合いが起きたと報告があってから十日ほどが経過したころ。

竜騎士王国の王女シィル殿率いる竜騎士数騎に護衛されながら、ユリウスやジルコマなどのラスタニアからの避難民がパルナム城の中庭へと降り立った。

先触れによって彼らの来訪を聞いた俺は宰相ハクヤと、護衛役としてアイーシャ、そして客人に縁のあるロロアとナデンを伴って、謁見の間にて竜騎士王国側の代表としてシィル王女とパイ、ラスタニア王国の代表としてユリウスとジルコマを出迎えた。

「ちょっとパイ!?　その目はどうしたのよ!?」

シィル殿の傍らに立つパイを見て、ナデンが驚きの声を上げた。人間形態では中性的な風貌のパイだったけど、左目の周囲を覆い隠すような仮面を付けていた。装飾にもこだわっていてまるでヴェネツィアンマスクのようだった。

指摘されたパイは困ったように笑いながらそのマスクを指差した。

「あ、あはは……フウガとの戦いで虎にやられたんだ」

「ドゥルガに……大丈夫なの？」

「うん。回復魔法が早くて失明は免れたよ。だけど傷跡は消えなくてね」

「戦いの傷は戦士の勲章だ。私は妻として誇らしく思っている」

シィル殿がパイの肩を抱きながら言うと、パイは恥ずかしそうに顔を赤らめていた。

妻と自称しているけど随分と男前だよなぁ、シィル殿って。

「兄《あに》さん……」

「ロロア……魔浪《まなみ》のとき以来だな」

一方では、ユリウスとロロアの兄妹が久方ぶりの再会を果たしていた。

ユリウスはぷっくりと膨らんだロロアのお腹《なか》を見ながら言った。

「だいぶ大きくなっているな。予定日はティアより早いか？」

「あー、せやね。義姉《あね》ちゃんの子供とは姉妹関係逆転しそうやわ」

「そうか……先に来たティアたちはどうしている？」

「兄《あに》さんのことすごく心配しとった以外は、元気や」

「そうか。良かった……」

とりあえず家族と友人の安否を確認し終えたところで、俺は一つ咳払《せきばら》いをした。

「あー……積もる話もあるだろうが、まずは形式的なものを先にやらせてほしい。ノートゥン竜騎士王国の王女シィル殿とパイ殿。フリードニア王国へようこそ」

「はい。お出迎え感謝いたします。フリードニア王」

「あ、ありがとうございます」

シィル殿とパイが揃《そろ》って頭を下げた。俺は頷いた。

「それに、ユリウス殿とジルコマ殿もよくぞ無事で参られた。歓迎しよう」

「はい。ラスタニア王家共々受け入れていただき感謝いたします」

「はっ、身に余るお言葉です」

ユリウスとジルコマも頭を下げた。俺はポンと一つ手を叩《たた》いた。

「さて、王様モードはこれでいいだろう。ユリウス、長旅で疲れているとは思うが、まずはこれまでの状況を説明して貰《もら》えるだろうか？」

「了解した」

ユリウスは東方諸国連合内で起きた出来事について事細かく説明した。

大方の事情は諜報《ちょうほう》部隊の報告と同じだったが、東方諸国連合内の空気感は実際にその中にいたユリウスのほうが詳しかった。とくにラスタニアの国民たちのほとんどが、支配者がフウガとなることを是としているところは衝撃だった。

ラスタニア王国は国民と王家の距離感が近い国だと思っていた。

国民たちは王家のことを敬愛していたように思う。

しかし、それでもユリウスと共に国を脱出する決断をしたのは僅かだった。

誰だって自分や家族の安全が第一だ。あの魔浪《まなみ》を経験している東方諸国連合の人々にとって、フウガという強者の傘の下にいられることは安らぎなのだろう。

話を聞いていたハクヤがふうと溜息《ためいき》を吐《つ》いた。

「わかっていたことですが、本当に厄介な御仁ですね」

「そうだな……そんな男がハシムという知謀を得たんだ。これからはフウガらしくないことも必要とあらばしてくるだろうし、読みづらくなるな……」

俺がそう言うとユリウスも頷いた。

「そうなるだろう。いまや東方諸国連合はフウガの国となった。これでヤツらは大手を振って魔王領へと国土を拡張していくことだろう。帝国が魔王領に対して消極策を採っている以上、このままいけば国土面積においては大陸一位になるおそれがある」

「もっとも国土面積が増えたとしても人口を急に増やすことはできないので、国力は依然として大きな差がありますがね……」

忌々しげなユリウスの言葉にハクヤは補足するように言った。

「ですが、いまの世の中の空気は、フウガにそれを覆すだけの勢いを与えています」

「実際に戦ってみて、あの男の強さを思い知らされたよ。あれは規格外の化け物だ」

シィル殿が腕組みをしながら言った。小競り合いとはいえ、フウガとやり合って生還しているのだからシィル殿の武も大したものだと思う。

ただ竜騎士にここまで言わせるフウガの武力はやはり恐ろしいな。

「……どうすることもできなかった」

するとユリウスが目を伏せながら言った。

「私が居ながら、みすみすティアの国を奪われた」

「ユリウス……」

「だが、私も、ティアも、義父母も生きている。旧王族が生きているのはフウガ陣営にとっては目障りだろう。フウガは気にせずとも、ハシムは気になっているはずだ」

「……そうかもしれないな」

黒猫部隊の報告を聞くかぎり、ハシムは必要とあれば残虐なことを行うことを躊躇《ためら》わない性格のようだ。天性のマキャベリスト（これはマキャベッリの『君主論』への誤解と偏見からくる、悪い意味での使い方だが）なのかもしれない。

だとしたら旧王族のようなフウガの支配を脅かす存在は看過できないはずだ。

「後々、フウガから我らの身柄の引き渡し要求が来るかもしれないぞ」

ユリウスは真《ま》っ直《す》ぐに俺の目を見つめながら言った。

「どうする？　断ればフウガ陣営との仲にヒビが入るかもしれない。それでも、我らラスタニア王家の人間をこの国で受け入れてくれるのだろうか？」

真剣な目だった。だから俺も視線を逸《そ》らすことなく答える。

「受け入れるよ。もちろん引き渡し要求が来ても断るさ。ユリウスは俺にとって義兄だからという立場を利用して、やんわりとだけどな。俺が嫌がればフウガも無理強いはしないだろう。ハシムは嫌な顔をするかもしれないが、フウガとしても、いまはまだうちの国を刺激したくないはずだ」

安心させようとそう言ったが、ユリウスは首を横に振った。

「フウガはそうかもしれん。だがハシムなら刺客を差し向けるくらいしそうだ」

「護衛ならつけるつもりだが？」

「それだけでは不安なのだ」

するとユリウスはその場で片膝を突いた。

驚く俺たちを余所《よそ》に、ユリウスは右手を床に付けながら頭を下げて言った。

「フリードニア王ソーマ・A・エルフリーデン殿。仕官をお許しいただきたく」

仕官って……俺に仕えるのか!?　あの気位の高かったユリウスが!?

「……無理しなくても客人として迎えるつもりだぞ？」

「言っただろう。不安なのだ」

ユリウスは顔を上げると、陰りの見える表情で言った。

「国を持たぬ王族など浮いた存在だ。ティアも、今後状況がどのように推移するかによっては、危うい立場に追い込まれることになるかもしれない。それならば、私がこの国に誠心誠意仕えることで、そう簡単には切り捨てられない立場を確保したい」

「言いたいことはわかるけど……」

　俺は腕組みをしながら唸《うな》った。

「……父の仇《かたき》だろう？　俺は」

「それはロロアとて同じだろう。遺恨は魔浪《まなみ》の時に流している」

「かつて敵対したんだ。王国民や公国民の一部の心証は悪いだろう。信頼を得るのですら苦労することになる。ゼロ以下からのスタートだ」

「この国の人々を納得させ、信頼を勝ち得るだけの働きをしてみせる」

「兄《あに》さん……」

　ロロアが心配そうな顔をしていた。俺は判断に困ってハクヤのほうを見た。

「……どう思う？　ハクヤ」

「よろしいかと」

　ハクヤはあっさりと了承した。反対されると思っていたからちょっと意外だ。

「受け入れそのものの是非を問われれば、私は立場上反対していたでしょう。しかし、陛下は受け入れることを決めておられる。ならばもう客分として受け入れるのも、家臣として迎えるのも大差ありません」

「ああ、そういう判断なのか……」

「ユリウス殿の才はたしかです。私は事前の準備など、大きな戦略を立てることには自信がありますが、自ら戦場に出て知略を振るうことはできません。報告によればフウガの参謀であるハシムはそれができる人材だとか。戦場に出られるか否かの差が、いつか勝敗に対して決定的な差になってしまうのではと危惧しています」

たしかにハクヤはとんでもなく優秀な人材だけど、俺と同じで武力はからっきしだから、戦争の大きな流れは決められても戦場の個別の事案には対応できない。

現場の参謀としてはカエデなどもいるけど、彼女にしたって後方支援がメインの魔導士なため、最前線に出て軍を差配することには向いていない。

その点、ユリウスならば戦場のど真ん中でも知略を振るうことができるだろう。

自ら兵を率いて戦えるだけの武勇もある。言うなれば『現場軍師』だ。

大きな戦略はハクヤが、小さな戦術はユリウスが担当するようになれば、さらに効率的な国防軍の運用が可能になるだろう。俺はユリウスを見た。

「仕えたとしても、アミドニア地方に領地は与えられないぞ？」

「私はすでにユリウス・ラスタニアだ。帰るとすればラスタニアの地だ」

「フウガとの敵対は極力避けたい。帰れないかも知れないぞ？」

「ティアが無事ならそれでもいい。だがいつの日か、もしもフウガと争うことになったら全力を以《もっ》て当たらせてもらおう」

「……わかった」

ユリウスの覚悟を感じとり、俺も覚悟を決めることにした。

「俺に仕えてくれ、ユリウス」

「はっ、ありがとうございます。ソーマ陛下」

ユリウスに陛下呼びされるのか……なんかむず痒《がゆ》いな。

まあユリウスは第三正妃の実兄で、俺の義兄で、かつての敵対者という立場だけに、一線は引かなければ周囲に示しがつかないのだろう。慣れるしかないか。

「ただ、公の場以外では以前通りに接してくれ。やはり気まずい」

そう言いながらユリウスの手を取って立たせると、ユリウスは苦笑していた。

「フフフ、了解した。それではソーマ、早速だが今後の東方諸国連合のことについて献策したいことがあるのだが……」

早速家臣として知略を働かせようとしたユリウスだったが、

「兄《あに》さんのバカチン！」

「なっ!?」

いきなりバチンッとロロアに頬を叩かれていた。

驚いた顔をするユリウスにロロアはビッと指を突きつけた。

「献策よりも前に、兄《あに》さんにはやることがあるはずや！　国に残った兄《あに》さんのこと、義姉《あね》ちゃんがどんなに心配してたと思っててん！」

「それは……だが……」

ユリウスは頬をさすりながらなにか言おうとしていたようだけど……ロロアの言うことももっともだと思ったのか、素直に頭を下げた。

「……すまない、ロロア」

「わかればええねん」

腕組みをしてフンと鼻を鳴らすロロア。

ふて腐れるでもなく素直に謝るユリウスと、母になる者としての威厳を見せたロロア。

その対比が妙に面白くて俺たちは笑ってしまった。

◇　◇　◇

――その数日後。


フウガが勢力を拡大させたことによって国を失い、東方諸国連合を逐《お》われ、俺たちの国へと流れてきたのはラスタニア王国の人々だけではなかった。

ユリウスたちがやってきた日から数日後。

チマ家の三女サミ・チマと四男ニケ・チマが王城へと現れたのだ。

この二人に関しては、実はユリウスたちが来るよりも前に、入国したいという申請が国境の警備兵に出されていた。すぐに許可を出したのだけど二人は陸上移動だったため、空から来たユリウスたちよりも遅い到着となったようだ。

そんな二人がパルナム城に到着したという報告を受けた俺は、ハクヤとアイーシャ、それと二人の弟であるイチハを伴って、謁見の間で二人を出迎えた。

ユリウスの様に知己というわけでもなく、またシィル王女のような立場も持っていなかったため、二人の思惑を図る意味でも俺は玉座に着いた状態で出迎えた。

「サミ殿、ニケ殿。ようこそ、フリードニア王国へ」

王様モードで語りかけると、低頭しながら返答したのはニケだった。

「はっ。急な来訪にもかかわらず、お会いくださったこと心から感謝いたします」

「…………」

一方サミはというと、虚《うつ》ろな表情でなんの言葉も発しないまま、ただニケと同時に頭を下げただけだった。侮っているとか、なにかを企《たくら》んでいるといった感じではない。

むしろ意思のようなもの自体感じられなかった。

生気が感じられず、脱力気味で、まるで抜け殻のようだった。

サミの様子は気になったものの俺は話を進めた。

「なんの。イチハは私に仕官してくれた。その兄弟ならば歓迎しよう」

「勿体《もったい》ないお言葉です」

「それで……一体なにがあったのだ？」

俺がサミのほうを見ながら尋ねると、ニケは顔を上げた。

「……ソーマ殿は、いまの東方諸国連合の内情をご存じでしょうか」

「一応、報告は受けている。フウガ殿が東方諸国連合を完全に掌握したのだろう？　その争乱の中で、其方《そなた》らの父マシュー殿も討たれたと聞く」

「はい。ご存じならば話が早いです」

ニケはサミの肩にそっと手を置いた。

「その争乱の中で、姉のサミは仕えていた義父を兄ハシムの計略により討たれ、国を逐われることとなりました」

そしてニケはこの国に来るまでの顛末《てんまつ》を語った。

サミが魔浪《まなみ》のあとロス王国の国王ハインラントの養女となっていたこと。

ハインラントを実の父よりも慕っていたこと。

その義父が中立派だったため、ハシムの計略によって討たれたこと。

その復仇《ふっきゅう》のために抵抗しようとしていたところをニケに止められたことなどをだ。

フウガが諸国連合を掌握するまでの経緯はユリウスからの報告で知っていた。しかし実際に被害にあった者の口から語られるのは、文字で知る以上の重さがあった。

きっと……遥《はる》かな先に歴史書の記述として残るのは、

『フウガがセバル平原での戦いに勝利し、東方諸国連合を掌握した』

……という事実を簡潔に伝える一文のみだろう。解釈を極限まで削《そ》ぎ落として残ったものが歴史であると、俺の世界に居たある評論家が言っていた気がする。

その陰では俺が思う以上の血が流され、悲劇が起こったのだろう。

向背定かならぬ者の粛清……それは俺もやったことだ。

国の再建を大義名分にして、やらなければならないことだと自分を奮い立たせた。

だけど、それも建前かもしれないと、苦悩しながら残虐に手を染めた。

(フウガ……お前はどうなんだ？)

自分が掲げて邁進《まいしん》する夢のために。人々が自分に託した夢のために。

血が流れ、涙する者が出ているこの状況で、英雄は一体なにを思うのだろう。

苦悩するのか。気にしないのか。鈍感であるのか。

覚悟の上か。むしろ血に酔うのか。

……アイツとは考え方が違いすぎて推し量ることができない。

(だけど……なにを思っていようとも真《ま》っ直《す》ぐ立っている気がする)

俺は弱いから、人の助けが必要だった。残虐に手を染めた責任に押し潰されそうになったとき、リーシアたちが慰め支えてくれたことで、辛うじて立っていられた。

フウガは強いからムツミ殿に慰めてもらったりはしないのだろう。

ニケの話を聞きながら、俺はそんなことを思っていた。

大凡《おおよそ》の事情がわかったところで、俺はあらためてニケに尋ねた。

「それで？　我が国にはなにをしに？」

「イチハのいるこの国で、サミ姉さんを預ってほしいのです」

「サミ殿を？」

「はい。いまの姉上を東方諸国連合においておけば火種となります。それを赦《ゆる》すハシム兄上ではありません。だからこそ、僕はムツミ姉さんの指示でサミ姉さんを連れ出したのです。これ以上、家族が家族の血を流させることを防ぐために」

「ムツミ殿の指示なのか……」

「はい。ここにムツミ姉さんからの書状がございます」

ニケが懐から取り出した書状をアイーシャが受け取って持って来た。

目を通すとフウガの妻としての立場から、その行動を止めることなどできないが、姉としてサミには息災でいてもらいたいというムツミ殿の思いの丈が記されていた。

その末尾は『イチハ共々どうかよろしくお願いします』で締めくくられていた。

読み終えた後で、ハクヤとイチハに渡して二人にも目を通してもらった。

「……ムツミ姉さん」

イチハなどはとくに心痛そうにしていた。

(……だとすると、フウガが身柄の引き渡し要求をしてくることもないか)

そんなことになったらムツミ殿が全力で反対するだろう。

フウガはそんなムツミ殿の思いを無下《むげ》にするような男ではないはずだ。

ハシムは苦虫を噛《か》み潰したような顔をするかもしれないが、ユリウスのときとは違ってフウガやムツミの不興を買ってまでサミに手を出したりはしないだろう。

俺はニケとサミに向かって言った。

「……我らにフウガ殿の国と事を荒立てるつもりはない。望まれても、復仇に手を貸すことなどはできないぞ？」

「それで構いません。いまのサミ姉さんに必要なのは『時間』だと思いますから」

「そうだな……サミ殿も、それでよろしいだろうか？」

「……………」

サミは無感動な顔でコクリと頷《うなず》いた。

これは……傷が癒えるまでにはしばらく時間が必要だろう。

「イチハ。サミ殿をキミの部屋まで案内してやれ」

「はい！……さあ、サミ姉さん」

イチハがサミの前に屈《かが》み声を掛けると、サミは一度大きく目を開いた。

そしてイチハの顔を見ると彼女の両目から大粒の涙が流れ出した。

「イチハ……イチハアアア」

イチハに抱きつき、サミは声を上げて泣き出した。

「義父様《とうさま》が……ハイン義父様《とうさま》が……ハシム兄上に……ううっ」

「うん。ちゃんと話は聞くから」

「うわあああああ！」

イチハを抱きしめながらサミは大声で泣いた。

そんなサミの背中をイチハは子供をあやすようにやさしくさすり続けるのだった。

俺たちはその間、見ていることしかできなかった。

しばらくして、多少落ち着いたところで、サミはイチハに伴われて退室していった。イチハの肩を借りながら出て行くその後ろ姿が痛々しかった。

「……ユリガにはしばらく会わせない方がいいな」

「そうですね。ユリガにはしばらく会わせないよう言っておきましょう」

ハクヤとそんなことを話した後で、俺はニケを見た。

「サミ殿の件は任されよう。それで？　ニケ殿はこれからどうするのだ？」

「……どうしましょうか。東方諸国連合には戻れないのは確かなんですけど」

サミを預けるという大役を果たした安堵《あんど》からか多少口調が砕けていた。

きっとこういう軽い感じが素なのだろう。

「一緒にこの国に住むか？　預かるのに一人も二人も変わらないし」

「アハハ……ありがたいお申し出ではあるんですけど、ここは東方諸国連合に近すぎますからね。ソーマ殿にその気がなくても、フウガ殿が戦を吹っ掛けてくるってことがないとも言い切れませんし……この国のお世話になったら、将来的にムツミ姉さんと戦うことになるかもしれません。僕は……それだけは嫌なんです」

「そうか……」

よほどムツミ殿のことを大事に思っているのだろう。東方諸国連合に帰れなくなってまで、ムツミ殿の頼みを聞いてサミを送り届けたわけだしな。

無理強いはできないか、とそんなことを考えていると……。

「ウッキャッキャ！　なら、うちに来ないか？」

そう言って謁見の間に入ってきたのはクーだった。俺は呆《あき》れたように言った。

「クー。お前、聞いていたのか？」

「いまのとこの会話だけな。謁見の間からイチハたちが出てきたから、もう話し合いは終わったのかと思ったんだよ」

そう言うとクーは膝を突いているニケの前に腰を落とした。

「お前、魔浪《まなみ》のときに見た憶《おぼ》えがあるな。チマ家の三男か四男だろ？」

「四男です。……貴方《あなた》は？」

「オイラはクー・タイセー。未来の共和国元首だ」

「共和国……トルギス？」

「おう。大陸の南端にあるトルギス共和国だ」

クーはニケの肩をバシバシと叩《たた》いた。

「辺鄙《へんぴ》なとこだし寒いしで最盛期の帝国でさえ攻め込むのを躊躇《ちゆうちよ》した国だ。フウガが手を出してくるにしても最後の最後だろう。お前さんにはちょうどいいじゃねぇか」

「たしかにそうですが……寒いのは嫌だなぁ」

「ウッキャッキャ！　まあたしかに人間族には厳しいかも知れないけど、厚着すれば大丈夫だって。それでも行商人なんかは冬は離れるけどな」

「えー……」

「どうせ行くとこないんだろ？」

　クーは渋るニケの襟首を引っつかんで立ち上がらせた。

「だったらオイラんとこに来いよ。お前さん強そうだし大歓迎だ」

「えー……決定なんですか？」

「決定決定。じゃあ兄貴、こいつはうちでもらってくわ」

「あ、おいっ、クー」

　俺が止めるのも聞かず、クーはまだ「えー……」と渋っている様子のニケを引き摺《ず》って出て行ってしまった。……いいんだろうか、これは？

「我が国に仕える気が無いなら、これもよろしいかと」

　ハクヤがしれっとした顔でそう言った。

「ニケ殿は武勇が有り、また頭もキレる良将のようですし、東方諸国連合に戻ってフウガ殿のもとで働かれるよりはいいでしょう」

　なるほど。それもそうかと納得したのだった。

五色の名臣

人材狂いと評されることもあったソーマ王は有能な家臣を数多く抱えていた。

そのため、三公、四天王、七賢人、十二神将、二十四将のような決まった括りはなく、後年の人々は自分が思う組み合わせで括りを作って呼んでいた。

その中の一つに**【五色の名臣】**というものがある。

ソーマの家臣の中に色に関わる二つ名を持つ者がいたためだ。

献身的にソーマを支えた妃**【金の氷城】**リーシア、政略で支えた**【黒衣の宰相】**ハクヤ、戦場で武功を揚げた**【赤鬼】**ハル、そして軍略で支えた**【白の軍師】**ユリウス（白い服を良く着ていたことからハクヤとの対比でこう呼ばれる）の四名は確定として、五人目は**【蒼の海姫】**エクセル、**【銀鹿】**セバスチャンなど諸説ある。

ちなみに……リーシア妃の【金の氷城】とは、士官学校時代に言い寄る男たちを冷たくあしらったことにより付いた二つ名であった。

後にこの呼び名を知ったリーシア妃は羞恥で悶えたと伝わっている。

第十章　再会する者たち

――話はユリウスと面会したすぐ後に戻る。


「ティア……」

「ふふっ、愛妻に早く会いたいか？」

「それはな。当たり前だろう」

俺の問いかけにユリウスは肩をすくめながら言った。

ユリウスたちとの面会の後、俺はアイーシャとロロアを連れて、ユリウスを妻であるティア姫と元ラスタニア国王夫妻のもとへと案内することにした。亡命者であるラスタニア王家の人々には、王都パルナムの貴族街にある屋敷が与えられていた。

この屋敷について、ユリウスに先んじて面会したティア姫は、

『そんな！　お世話になる身なのですから小さな家で十分です！』

と、固辞しようとしたけど、不特定多数の者が行き交う平民街だと警備などが大変なので折れてもらった。第三正妃ロロアの血縁者でもあるわけだしな。

屋敷はナデンに送ってもらうような距離でもないので馬車で行くことにした。

御者はユリウスの部下扱いとなったジルコマが買って出た。

屋敷内の警備員や使用人はラスタニアからの亡命者を雇い入れるということで、ジルコマの妻であるローレン元兵士長も住み込みで働いているらしい。ジルコマにしても愛する妻や子供たちのもとへ早く帰りたいのだろう。

車内では俺とアイーシャ、ロロアとユリウスが向かい合わせに座っていた。

「しかし、あのロロアも母親になるのか……」

ユリウスがロロアのぽっこりと膨らんだお腹《なか》を見ながら言った。

「ヘルマン祖父様《じいさま》もさぞや喜んだことだろう」

「セバスチャンもな。うちもようやく肩の荷が下りた感じやわ」

お腹をさすりながらロロアが笑った。

「シア姉が双子ちゃんを産んでから、早くうちもって風当たりが強かってん。ジュナ姉のが先に妊娠発覚してさらに五月蠅《うるさ》く言われるようになったし」

「私としては羨ましいんですけどね……」

アイーシャが苦笑気味に言った。

長命種族のアイーシャとナデンは子供ができにくいからな。いずれは二人との子供も欲しいとは思うけど長い目で見ないといけないだろう。

「子供と言えば……驚いたのはジルコマの家だよな。あれはビックリした」

「それは、そうだろうな」

俺の言葉にユリウスも頷いていた。

ジルコマの妻ローレン兵士長はティア姫たちラスタニア王家の護衛として、一足先に王国へとやってきていた。そのときローレンはジルコマとの子供を連れていたのだけど、その数、なんと三人。なんでも一人出産後に年子で双子を出産したらしい。

つまり一年で三人も産んだわけだ。しかも現在四人目を妊娠中。

クーの従者レポリナの種族である白兎族《はくとぞく》は多産で有名らしいけど、ローレンはどこかで白兎族《はくとぞく》の血でも継いでいるのだろうか。それともジルコマがお盛んなのだろうか。

首を傾《かし》げているとユリウスが溜息《ためいき》交じりに言った。

「後者だと思うぞ。あの二人の結婚後のベッタリっぷりは語り草だ」

「そんなにか……」

「二人の惚気《のろけ》にあてられて、ティアが少しむくれていた」

そりゃあ……ねぇ。ほぼ同時期に結婚しているわけだしな。

「まあ、これからは家で存分にイチャイチャすればいいさ」

「家……か」

するとユリウスは若干表情を曇らせた。

「？　どうかしたのか？」

「家と聞いて……これは帰宅なんだと思ったら、どういう顔をして帰ったらいいのかと思ってな。私は……ティアの国を護《まも》ることができなかったわけだし」

「それは……しょうがないんじゃないか？」

ラスタニアのような小国でフウガの勢力に太刀打ちできるはずがない。むしろ戦いを予見し、事前に王家の人々を無事に脱出させた手腕は誉《ほ》められるべきだ。

しかしユリウスとしては割り切れない思いもあるようだ。

「ティアに会えるという喜び、無事だという安堵、国を奪われた自身の不甲斐《ふがい》なさ、ティアに対しての申し訳なさ……全部自分の中にある。どの顔をすれば良いのか」

「ユリウス……」

「んなもん、笑って会えばええねん！」

するとロロアがニカッと笑いながら言った。

「義姉《あね》ちゃんは兄《あに》さんのことずっと心配してんねんで？　だったら、笑って『ただいま』って言ってくれるだけで十分やろ。そんときハグでもしたってな！」

「……そうか。そうだな」

ロロアに励まされ、ユリウスが薄らと笑った。

ロロアのこういう元気をくれるところは流石《さすが》だよな。

そんなことを話している間にティア姫たちのいる屋敷へと辿《たど》り着いた。

なかなかに立派なこの庭付きの屋敷は、俺が王位を譲り受けたころに反抗して断罪された不正貴族の持ち物だった。壊すのも勿体《もったい》ないので功績のあった者たちに譲るという話もあったのだけど、前の持ち主が持ち主であるため、王都に持ち家のなかったポンチョのような新規登用組以外は縁起が悪いと入居したがらなかった。

そのため一部は博物館などとして利用したり、クーたちのような客人のゲストハウスとして利用している。ティア姫たちに与えたのもそんな邸宅の一つだった。

屋敷の中に馬車で乗り付けると、すぐにティア姫たちが屋敷から出てきた。

「ユリウス様！」

走ってきて飛びついたティア姫をユリウスが優しく抱き留めた。

「ティア！……転んだら危ないだろう」

「無事で、良かった。私、心配で心配で……お待ちしていました、この子と一緒に」

「ああ……ただいま、ティア」

ユリウスの胸で涙を流すティア姫の頭をユリウスがやさしく撫《な》でていた。

二人にとっては待ちに待った再会の時間だ。

俺もロロアもアイーシャも空気を読んでしばらく静かにしていた。……一応、この国の王と王妃なんだけどね。あっ、御者をしていたジルコマは馬車を片付けるとすぐに屋敷の中へと入っていった。妻と子供たちのところに行ったのだろう。

しばらくして遅れて出てきた元ラスタニア国王夫妻が温かく出迎えてくれて、俺たちは屋敷の居間へと通された。そして暖炉の前のテーブル席に着く。

全員が揃《そろ》った後で、ユリウスはティア姫たちが国を出てからのことを説明した。

ラスタニア王国がすでにフウガの勢力によって吸収され、存在しないことなどをだ。ユリウスは元ラスタニア王に向かって頭を下げた。

「義父上《ちちうえ》。私の力が及ばず、国を失いました。申し訳ありません」

「なんの。頭を上げてくだされ婿殿」

元ラスタニア王は穏やかな顔で笑いながらユリウスの肩に手を置いた。

「そなたの尽力がなければ、我らは国どころか命さえ失っていたことでしょう。こうして再び家族全員が揃ったのは、ユリウス殿のおかげです」

「義父上《ちちうえ》……」

「国を失ったことは残念ですが、私と妻が望むのは、そなたとティアと生まれてくる子が健やかであることのみ。だから、無理はしないでほしい。我らのために国を取り戻そうなどとは考えなくていい」

元ラスタニア王の言葉に元王妃も頷《うなず》いていた。

義父母の言葉にユリウスは目頭を熱くしていたようだけど、やがて「……はい」と頷いた。

ユリウスからの報告が終わったところで俺は口を開いた。

「ユリウスはこの度、俺に仕えてくれることとなりました。ご家族のことは我が国が全力で保護しますので、王都でのんびりと過ごしてください」

「城にも遊びに来てな。うちも義姉《あね》ちゃんを遊びに誘うし」

ロロアがニコニコと笑いながら言った。

「でもまぁうちらこんなお腹やしな。まず一緒に行くのはヒルデ先生の診療所かな」

「フフフ、そうですね。ご一緒させてください」

「ロロアと行くのか？……心配だな」

「ちょっと兄《あに》さん！」

ユリウスが渋い顔をしたのでロロアがプリプリと怒ったけど……気持ちはわかる。

「診察日には休暇とっていいぞ、ユリウス」

「そうですね。ユリウス殿が居てくれたほうが安心できます」

「ダーリンとアイ姉まで!?」

「だってそんなお腹でもちょこまか動いてるから心配でなぁ……」

ヒルデから胎教的にも適度な運動は必要とは言われてるけど、それにしたって動き回っている気がする。階段とかで転んだりしないかと見ていてハラハラするのだ。

これはロロアを除く俺たち家族の総意だと思ってくれていい。

ふて腐れるロロアをみんなで笑っていると、この家の侍従《メイド》たちが「お茶の用意ができました」とティーセットを持って来た。それぞれにカップが配られたとき、

「なっ!?」

ユリウスが大きく目を見開いた。そしてマジマジと食器を見つめた。

「どういうことだ!?　なぜこの食器がここにある」

「「………」」

ユリウスがなにに驚いているのか理解した俺は、ロロアと顔を見合わせた。

そして頷きあうとユリウスに言った。

「ユリウス、その食器はお前の想像どおりのものだ」

「っ！　それではやはり、これはラスタの家に置いてきたものなのか」

ティア姫たちも、ユリウスたちも取るものも取りあえずの国外脱出だった。

だからラスタの王館から持ち出せたものはごく僅かだったようだ。しかしこの邸宅には
ラスタの邸宅に置いてきたはずの私物がほとんど揃っていた。なぜなら……。

「ラスタを接収したフウガがご丁寧にも揃えて送って来たんだ」

「フウガ・ハーンが？　なぜ？」

「警告……なのだろうな」

◇◇◇

——フウガ軍と竜騎士部隊との衝突があったころ。

ユリウスを救援に来た竜騎士部隊と停戦協定を結んだフウガは、ハシムなど軍の一部と共に接収したラスタニア王国主都ラスタへと入った。彼らが門をくぐると先にラスタに入って民心を落ち着かせていた妻のムツミが駆け寄ってきた。

「フウガ様！　ご無事ですか!?」

「おうムツミ。いま戻ったぞ」

ドゥルガから降りたフウガはやってきたムツミを抱き留めた。

ムツミはフウガの腕の中で、彼の身体《からだ》をペタペタと触って確かめた。

「竜騎士と戦ったのでしょう？　どこもケガはありませんか？」

「ああ……ちょっと肩を痛めたくらいだな。これくらい大したことねぇよ」

実際はパイの翼で叩《たた》かれた半身が痛いのだが、フウガはムツミに心配掛けまいとして笑い飛ばした。しかし兜《かぶと》を脱がせたムツミはフウガの頬に触れた。

「頬の傷も治ってないじゃないですか。無茶はしないでください」

「……悪かったよ。今度から気を付ける」

フウガとムツミがそんなことを話していると、シュウキン、カセン、ガテンなど地上で戦っていた者たちも戻ってきた。

「ハハハ……あの竜騎士って兵科は反則だろ。なにもさせてもらえなかった」

「炎を吐くために高度を下げたときを狙ってみましたが、皮膚の硬さも相当なもので致命傷を与えるにはいたりませんでした。牽制《けんせい》が精一杯です」

竜騎士相手には自慢の鉄の鞭《むち》も振るえず、目立った働きができなかったガテンがぼやくと、弓兵隊を率いていたのにこちらも戦果なしのカセンも肩を落とした。

その後ろからナタとモウメイの剛力コンビが睨《にら》み合いながら歩いてくる。

「畜生、あんなんじゃ暴れたりねぇぜ。おいモウメイ、このあとツラ貸せや」

「また力比べか。それしか知らんのか野蛮な男め」

「大槌《おおつち》振り回してるてめぇに言われたかねぇよ。今日こそケリを付けてやる」

お互いに剛力自慢なだけあってか、ナタがフウガ軍に加わってからというもの、ナタとモウメイは力比べをしていた。方法は相撲かレスリングのような取っ組み合いだが、両者の実力は拮抗《きっこう》していていまのところ決着はついていなかった。

そんな腕力組は放っておき、ガテンはシュウキンの首に腕を回した。

「なぁシュウキン殿。うちらの空軍を強化したほうが良いんじゃないか？　いまある飛竜《ワイバーン》騎兵だけじゃ一方的にやられてたし」

「それはそうだが、一朝一夕で持てるものでもあるまい」

ガテンを鬱陶《の》しそうに払い除けながらシュウキンは言った。

「台頭したばかりの我らには足りないものが多すぎる。国土を広げ、人を集め、足場を固めてからじゃなければ空軍の増強などできない。まずは一つずつ、できることから成し遂げていかなければならないだろう」

「ハッハッハ！　シュウキンの言うとおりだ！」

フウガは家臣たちを見回しながら言った。

「だが今日は竜騎士相手によく戦ってくれた。まずはこの地で疲れをとってくれ」

「「「はっ」」」

シュウキンたちは一斉に頭を下げると、その場を後にした。フウガ、ムツミ、ハシムの三人は彼らを見送ると、ラスタの城館へと向かった。ラスタの市民たちはフウガたちを見れば平服し、新たな統治者に恭順の姿勢を見せていた。

そんな市民たちを横目で見ながらフウガはムツミに尋ねた。

「それで、どうだ。領民たちは素直に俺に従いそうか？」

「はい。魔浪《まなみ》の恐怖が残っているのでしょう。残っている領民たちは強い庇護者《ひごしゃ》を求めています。ラスタニア王家に愛着を持つ者もいるでしょうが、現実的にフウガ様を選んだということなのでしょうね」

「それは重畳だな」

そんなことを話しているうちに三人は城館へと辿り着いた。小さな都市なので少し大きめな家といった印象のそれを見て、フウガはポソリと呟《つぶや》いた。

「旧支配者の家だよな。主君が変わったことを示すため、いっそ焼くか？」

「やめたほうがいいでしょう」

意外にもそれを諫《いさ》めたのはハシムだった。フウガは首を捻《ひね》った。

「意外だな。お前なら苛烈さを示すため都市ごと更地にしろとでも言うかと思った」

「利があるならそう進言もしましょう。ですが、この館を焼いたところでなにが変わるというわけでもありません。意味がないとわかっていることを勧めたりはしませんよ」

そう言うとハシムは肩をすくめて見せた。

「ラスタニアの王家を根絶やしにできていたならば、旧主を思い出さないよう館を焼いたり、都市を破壊するということも考慮に入れましょう。ですが、ラスタニア王家もユリウスも健在です。館を焼こうとも人々の心に旧主の存在は残ります。ただ反感を買うだけに終わることでしょう」

「ふむ。ならば……どうする」

「館は勿体《もったい》ないのでそのまま使いましょう。それと同時にもう一手打つべきかと」

「もう一手？」

尋ねるフウガにハシムは冷たい笑みを浮かべた。

「屋敷に残されている旧王家の私物を全部集めて、フリードニア王国に送りつけるのです。そしてその私物を集める作業はここの市民たちに任せましょう」

「わざわざ荷物を送ってやるのか？　恩を売るとか？」

「この程度で売れる恩などアテにはなりませんよ。それよりも実利です。まず市民たちの手で王家の私物を集めさせ送らせることで、旧主が二度と戻らないことを印象づけるのです。早い話が転居に手を貸すようなものですから」

淡々と嫌らしい手を打つハシムに、フウガは感心半分呆《あき》れ半分だった。

「なるほど……自分たちが追い出したんだと印象づけるわけか」

「はい。そして送りつけたラスタニア王家の者たちに対しては、戻るべき場所などこの国にはないと現実を突きつける効果があります。使っていた生活道具一式は送ってやるからフリードニア王国に骨を埋《うず》めろ、と」

「なるほどな……」

フウガは顎に手を当てて考えていたが、やがて大きく頷いた。

「どこまでも合理的な思考が気に入った。お前の案で行こう」

「御意」

そしてフウガはラスタの市民たちを集めると、城館に残ったユリウスやティア姫たちの私物を集めさせて梱包《こんぽう》させ、ノートゥン竜騎士王国に滞在していたユリウスが王国に向かうよりも早く、荷物をフリードニア王国へと届けさせたのだった。

◇　◇　◇

……といったことがあったのだと、ユリガ経由で受け取ったフウガからの手紙に書いてあった。ことの顛末《てんまつ》を説明すると、ユリウスは腕組みをしながら唸《うな》った。

「フウガにハシム、思っていたよりも馬が合っているのだな」

「ああ。俺も驚いたよ」

中立派を集めて一掃するやり方は、フウガにしてはあくどすぎると思った。

そして今回私物を送りつけてくるやり方は、フウガにしては人の機微に敏感すぎると思う。つまりどちらもハシムの献策なのだろう。

強硬と柔軟とを使い分けるハシムも恐ろしいが、そのハシムの献策を受け入れる器がフウガにあったということもまた恐ろしかった。

フウガほどの強さがあれば、賢《さか》しらな献策を煩わしく思うのではと考えていた。

自らの武勇に驕《おご》って参謀である范増《はんぞう》の意見を聞かず、敵の流言に惑わされて部下たちを疑い身を滅ぼした項籍《こうせき》のように、或《ある》いは軍師の陳宮《ちんきゅう》を使いこなせなかった呂布《りょふ》のように、強さゆえに生じる付けいる隙のようなものがあるのではと思っていた。

しかしフウガは意外と素直にハシムの献策を受け入れている。

項籍のようだと思っていたフウガだけど、その器の大きさと人気っぷりは劉邦《りゅうほう》のようであった。項籍でもあり劉邦でもある……同時代に生きる者として恐怖を感じる。

(雷光ハンニバルと同じ時代を生きたファビウスはこんな気分だったのかな……)

そんなことを思って渋い顔をしていると、ユリウスはフッと笑った。

「そう悲観することもあるまい。フウガにはハシム一人だが、お前には黒衣と私がいる。そうそうヤツの思い通りになどさせん」

「……アハハ」

ユリウスにそう言われると、不安など吹き飛ばされるようだった。

「魔浪《まなみ》のときにも言ったけど、頼りにしている。ユリウス」

「ああ。任せろ」

そう言って頷《うなず》きあい、俺とユリウスは握手をした。

そんな俺たちをロロアとティア姫が嬉《うれ》しそうにニコニコしながら見ていた。

◇　◇　◇

——それから数日が経《た》った頃。


彼の新しい家に、かつては友であり臣下であった財務大臣コルベールが訪ねてきた。

居間に通されたコルベールをユリウスとティアが出迎えた。

「ユリウス！」

「コルベール、久しいな」

二人はガッチリと握手を交わした。

「諸国連合での子細は聞いている。本当に、キミが無事で良かった……良かった……」

旧友の元気そうな姿に、コルベールは少し涙目になりながら再会を喜んだ。

「キミが素直にこの国を頼ってくれるか、少し心配だったんだ」

「……心配掛けたな。この度正式にソーマ王に仕えることとなった」

「そうか……だけど、その……良いのか？」

コルベールが気遣わしげに尋ねると、ユリウスは頷いた。

「もうソーマにもロロアにも思うところはないよ。いまの私にとって大事なのはティアとラスタニア家の両親、そして生まれてくる我が子だ。この国がそれらを守ってくれるというのだから、守り続けてもらえるようこの国に尽くすさ」

「……変わったな。ユリウス」

「よく言われるよ。これからは同僚としてよろしく頼む」

「ああ。キミがいるなら心強いよ」

そしてまた握手をする男二人。

そんな男たちの熱い再会の横では、ティアがコルベールの同行者に挨拶していた。

「初めまして。ユリウス様の妻でティア・ラスタニアです」

「これはご丁寧に。私はコルベール殿の婚約者（仮）のミオ・カーマインと申します」

ミオは政務を手伝ってもらっているコルベールから、

『旧友が王都に逃れてきたそうなので、安否の確認に行かせてください』

と暇乞《いとまご》いされたとき、だったら自分もついて行くと同行したのだった。

今日のミオは鎧兜《よろいかぶと》は身につけておらず、ディアンドルのような娘らしくもスタイルの好《よ》さが強調された服を来ていた。ティアは首を傾《かし》げた。

「（仮）……ですか？」

「ミオ殿が勝手に言っているだけです。まだ正式に決まったわけではありません」

コルベールが口を挟むとミオはぷうっと膨れた。

「いい加減に覚悟を決めてもいいのではないか？　私とカーマイン領の民たちが、ビー殿が婿入りしてくれる日を待ちわびているのだぞ？」

旧カーマイン公領主都ランデル及びその周辺の領主として返り咲いたミオの政務を、コルベールが手伝うようになってから、それなりの時間が経過した。

コルベールの熱心な指導もあって、ミオの政務処理能力は可も無く不可も無いレベルになっていたが、それ以上の働きを見せるコルベールの評価はうなぎ登りだった。ミオの指導もこなしながら、テキパキと積まれた案件を解決していくのだ。

そのように頼りになる人材を、頼りにしない道理はない。

ようやく育ちはじめたカーマイン家の官僚も、コルベールがミオのもとに婿入りしてくることを切望していた。その声は日増しに強まっている。

「ビー殿は私のことが嫌いなのですか？」

「うっ……そんなことは……」

ミオが上目遣い＋涙目でそう尋ねると、コルベールは怯《ひる》んだ。

今日のミオはとくに女の子らしい格好をしているので、そう言う仕草も似合ってしまっていた。コルベールに振り向いてもらおうと女子力を高めた成果が出ていた。

そのせいで咄嗟《とっさ》に返すことができなかったコルベールだったが、誤魔化すように「オホン」と咳払《せきばら》いをした。

「嫌いではないが……政務処理の腕を買われて婿入りというのは」

「貴族や騎士の間では普通のことではないですか！　それに、私はビー殿のことを好いています」

「いや……それもまた、問題なのですが」

「……フフフ、なにやら面白いことになっているようだな」

ミオの攻勢に防戦一方なコルベールを見て、ユリウスが口元を緩めた。

「笑い事ではないぞ、ユリウス」

「まあそこら辺の話は座ってゆっくりと聞こうじゃないか」

ユリウスは二人を居間のソファーに座らせると、侍従《メイド》たちにお茶の用意を頼んだ。そしてティアと一緒に二人に向かい合う位置に腰を下ろすと、まずミオに尋ねた。

「さて、ミオ殿。カーマインと名乗られたが、もしかして……」

「あ、はい。元陸軍大将ゲオルグ・カーマインの娘です」

「あの獅子《しし》将軍の娘ですか」

ユリウスがまだアミドニア公国にいた頃、公国と国境を挟んで隣接するカーマイン公領とはにらみ合いの状況が続いていた。本格的な戦争にまでは発展しなかったものの、国境警備兵同士の小競り合いなどは頻繁に起きていた。その後処理のためにゲオルグやガイウス8世・ユリウスなどが出向くこともあり、顔合わせの機会もあった。

そのためゲオルグのことは敵としてではあるが、よく知っていたのだ。

「そう言えば、いつぞや顔を合わせたとき、あの無骨な将軍の傍《そば》に綺麗《きれい》な女騎士がいたな。あれは貴女《あなた》だったのか」

「あーいえ、そんな」

「……ユリウス様？」

隣のティアが不機嫌そうに名前を呼んだので、ユリウスは苦笑しながらそんな彼女の髪を撫《な》でた。

「もちろん、私にはティアが一番だとも」

「ウフフ」

満足そうに微笑《ほほえ》むティアを見て、ミオは「いいなぁ」と羨ましげな顔をした。

「ビー殿、私もあんな風に扱われたいです」

「……私にあれを求められても困ります」

ユリウスは昔から無自覚でタラシな部分があり、その美しい容姿と相まって、公城勤めの女官から絶大な人気があったのだ。もっとも父ガイウスもそうだったが武勇一辺倒であったため、そういった好意に応えることはなかったのだが。

しかし妻とのやりとりを見ていると、一度惚《ほ》れたら愛情深いタイプだったようだ。

「しかしコルベール。お前ももういい歳《とし》だろう？　そろそろ三十も見えてくるころだし、まだ独り身ならばいい加減、身を固めるべきではないのか？」

ユリウスがそう言うとミオが「そうだ、そうだ」と同意した。

「いい加減に覚悟を決めて、私をもらうか、私にもらわれるか選んでください」

「それ、どっちも一緒でしょうが！」

「本当に、一体何が不満なのです？　私はビー殿の人柄も能力も好いているというのに」

「ぐっ……それは……それだから……」

歯切れが悪く、言葉を詰まらせるコルベール。

その様子を見ていたユリウスにはピンとくる物があった。

「……なるほどな」

「なにかわかったのですか？　ユリウス様」

ティアが首を傾げる中、ユリウスはミオに言った。

「ミオ殿。我が友コルベールは、なかなかに面倒くさい性格をした男なのだ」

「っ、ユリウス！」

「あの、どういうことなのでしょうか？」

ミオに尋ねられたユリウスは苦笑しながら言った。

「普段から数字を扱っているからか、曖昧なものを苦手としているらしい。0か1か。物事にはなるべく白黒つけたがる……そんな感じだ。ミオ殿の求婚を渋っているのは、おそらく貴女の求婚が『自分を好いているから』なのか『自分の能力が必要だから』なのか、コルベールの中で整理が付かないからなのだろう」

「………」

コルベールは図星を突かれたのか押し黙った。するとミオが首を傾げた。

「えっ、私としてはどちらも本心なのですが……」

「だからそれだと、コルベールは困ってしまうのですよ。もし仮に、貴女が『好きだから結婚しよう』と言えば、コルベールは前向きに検討したでしょう」

ユリウスは人差し指を立てた。次いで中指を立てる。

「或いは『政略の一環として結婚してほしい』とでも言ったなら、コルベールは政略ならば仕方ないかと妥協したことでしょう。どちらも『了承』であることは変わりませんが、その後の貴女への接し方が変わると思います」

つまりコルベールはミオの求婚が愛情なのか実利なのかわからず、愛情で返すべきなのか、実利で返すべきなのかわからずに渋っていたというのだ。

ユリウスの指摘にミオは目を丸くしていた。

「それはまた……なんとも面倒な性格ですね」

「ククク、不器用な男なんだ。だからよく父上に蹴っ飛ばされてた」

「ユ、ユリウス！」

コルベールは居たたまれなくなって顔が耳まで赤くなっていた。そんなコルベールの慌てた様子を見て、ユリウスは笑いながらミオに言った。

「ミオ殿。コルベールはこういう性格だ。だからもし、本当にコルベールと一緒になりたいと思うなら、この男にどう接してほしいかを考えて求婚するべきだ」

「なるほど……」

ミオは少し考え込んでいたが、やがて立ち上がった。

「ビー殿……いいえ、コルベール殿！」

「は、はい！」

「私は、ビー殿にその気がないなら政略結婚でもいいと思っていました。たとえ能力目当てだと思われたとしても、一緒になってくれるならそれでもいいと」

「……………」

「ですがっ、私だって愛されたいんです！　リーシア様とかティア殿の感じが羨ましいんです！　リーシア様なんて、旦那様には他にも奥方様がいるのにメチャクチャ仲が良いじゃないですか！　可愛《かわい》い子供たちにも恵まれてるし！　私と同じ、父上に憧れた武人肌なのに、差が付く一方で悔しいです！」

若干私情の交じった言葉だったが、その分、本心なんだということが伝わる。

「私はこんなにビー殿を愛しているのですから、ビー殿にも私を愛してほしいです！」

「……………」

「返事は！」

「は、はい！……あっ」

半ば強引な持っていき方ではあったが、コルベールはたしかに返事をした。

「おめでとうございま……す？」

ティアが首を傾げながら拍手をすると、ミオは感極まって後ろ向きに倒れそうになり、コルベールがそれを慌てて支えていた。咄嗟に動けるあたり、やはりコルベールもミオのことを憎からず思っていたようだ。友の春も近い。

ユリウスはそんなことを思いながら、のんびりとお茶を啜《すす》るのだった。

第十一章　会談と依頼

——ユリウスたちが王国にやって来てしばらく経《た》った日の夕刻。


「もう傷は大丈夫なの？　パイ」

「うん。お医者さんに診《み》てもらったけど問題ないって」

ルビィが心配そうに尋ねると、パイは困ったように笑いながら答えた。

「でも、傷跡が残ってるって聞いたわ」

「あ、うん。ほら」

パイが片目周辺を覆う仮面を外すと、目の周りにはクッキリと猫に引っかかれたような傷跡が残っていた。目の周囲のみに留《とど》まった小さな傷だけど、これは竜《ドラゴン》の姿の時に負った傷のため人の姿になると縮小するのだった。

その傷を見て、ナデンとルビィは息を呑《の》んだ。

「あのデカい虎に付けられた傷なんでしょ？　ゾッとするわ」

「視力に問題がなかったのがせめてもの救いね」

「アハハ……でも、シィル様はこの傷跡も格好いいって言ってくれてるよ」

「「………」」

いきなり惚気《のろけ》られて、ナデンとルビィは顔を見合わせたあと、パイのほっぺを「このこの～」と突っついた。そしてナデンは気を取り直すように木製の杯を手にした。

「ともかく、無事にこうして再会できたわけだし、まずは乾杯しましょうよ」

ナデンが葡萄酒《ぶどうしゅ》が入った杯を掲げると、ルビィとパイも同じように掲げた。

「それじゃあ再会を祝して、乾杯！」

「「乾杯！」」

杯を打ち鳴らして三人はゴクゴクと葡萄酒を飲んだ。

ここはパルナム城内にある実験料理屋『お食事処《どころ》イシヅカ』だ。今日は星竜連峰出身のドラゴン三人で女子会（一人は男の娘だが）だった。というのも、

『ナデンとパイは久しぶりの再会なわけだし、ルビィも呼んで「イシヅカ」で飲み会とかしてみたら？　ポンチョには話を通しておくし』

……と、ソーマが提案したからだった。おそらく、この国には同朋《どうほう》がルビィしかいないナデンを気遣ったのだろう。友との時間も大事にすべきだと。ナデンは感謝しながらその提案を受け入れ、今日この日に二人を招待したというわけだった。

「でも、こうして顔を揃《そろ》えたのってラスタニア王国以来よね？」

葡萄酒を飲み干したナデンがそう言うと、パイも頷《うなず》いた。

「魔浪《まなみ》のときだよね。数年ぶりりか」

「そう聞くと、そんなに久しぶりって感じでもないはずなんだけど、なんだか随分と時間

が経っているように感じるわ」

　杯の中身を見つめながらルビィはしみじみと言った。

「星竜連峰に居た頃は、こんなに時の流れを感じなかったわね」

「まあね……星竜連峰で飽きるくらい長い時間を過ごしていたはずなのに、ソーマと出会ってからの時間のほうが長く過ごしているように感じるわ」

「ああ、なんかわかるかも。記憶が濃いんだよね」

　竜田揚げをパクつきながらナデンが言うとパイも頷いた。

「星竜連峰の日々は代わり映えしなくて、一日一日が記憶に残らないんだよね。食べて寝て学んで、ナデンとルビィがケンカするのを宥《なだ》めての繰り返し」

「「うっ……」」

　あの頃の気まずさを思い出したのか、ナデンとルビィは酒をグビッと呷《あお》った。苦い記憶を飲み干すように。そんな二人の様子に苦笑しながらパイは溜息《ためいき》を吐《つ》いた。

「それに比べれば、いまは一日一日が特別に思える。大事な人がいて、大事な人と過ごすこのかけがえのない時間が……とても愛《いと》おしい」

「わかる。ソーマたちとの日々なんて毎日が特別よ」

「ハルとカエデとの日々だってそうよ」

　するとナデンはフフフと笑った。

「この日々は長い生の中でも、ずーっと胸の中に残ってると思うわ。誰かと居ない日々が記憶に残らないなら、私の生の大半はきっと〝いま〟なんでしょうね」

「あらっ、ナデンにしては良いこと言うじゃないの」

ルビィに言われて、ナデンは口走ったことの恥ずかしさに気付いて赤くなった。

「な、なんか恥ずかしいわね。うぇーい♪」

「「うぇーい♪」」

恥ずかしさを誤魔化すように三人は再度杯を打ち鳴らした。そしてしばらく飲んで食べて騒いでをしたあとで、ルビィが「そう言えば……」と口を開いた。

「アンタたちの大事な人たち、いま会談中なんだっけ？」

パイは一瞬キョトンとしたあとでコクリと頷いた。

「あっ、うん。ボクも傍《そば》に控えてたほうが良いかなって思ったんだけど、『せっかくの機会だから楽しんでくるといい』ってシィル様が」

「まあ交渉事だと私たちにできることなんてないものね」

ナデンもやれやれといった感じに首を横に振った。

「まあソーマのことだもの。悪いようにはならないと思うわ」

◇◇◇

――一方その頃。パルナム城では。

「こんばんは。シィル王女」

「失礼しますね」

　俺とリーシアは王城に滞在していたシィル王女のもとを訪ねていた。

「こんばんは。ソーマ王、リーシア殿」

　シィル王女は笑顔の握手で俺たちを出迎えてくれた。

　一国の王女が我が国へ訪ねてきてくれたのに、ユリウスたちを送り届けたら「はいさようなら」というわけにもいかないだろう。ここは先代国王夫妻の寝室だった部屋で、いまはシィル王女とパイの滞在場所として使ってもらっていた。

　するとパイは握った俺の手に左手を重ねながら頭を下げた。

「それにパイの治療の件。本当にありがとうございます」

「なんの。これぐらいのことしかできず申し訳ないくらいです」

　国賓として迎える必要があったのだけど、竜騎士王国は騎士道精神というか、威厳を重んじるお国柄なので晩餐会《ばんさんかい》などは丁重に断られた。

　代わりに医療改革が進んだこの国でパイの傷を診察してほしいと頼まれたので、俺はヒルデとブラッドを呼んで診察と治療に当たってもらったのだ。二人の見立てでは『痛々しい傷だが深くはなく、視力も問題ない』とのことだった。

「さて、今日は私と会談を行いたいということですが……」

俺がそう言うと、シィル王女はスッと真面目な顔になった。

通常、他国の王族と会う場合は謁見の間か応接室を使うものだけど、俺の妻ナデンとシィル殿の夫パイが友人同士ということもあり、より気軽に行いたいということなので、二人に貸しているこの部屋での対面となった。パイは相変わらず中性的というか男の娘的な容姿なので、夫という言い方には違和感があるけど。

「ええ。まずは座りましょうか」

シィルに促されて俺たちはテーブルに着いた。

「この城に居て、ご不自由なことはないでしょうか？」

リーシアがシィル王女に尋ねると、シィル王女は笑いながら首を横に振った。

「なんの不自由がありましょうか、リーシア殿。良くしていただいて恐縮しきりです。パイの傷まで診ていただきましたし」

「それは良かったです。もう城下には降りられましたか？」

「はい。パイと共にいろいろ見て回りました。あの放送番組というのが面白かった」

護衛兼監視役として黒猫部隊に陰から警護させた上でだけど、二人には滞在中は王都内を自由に散策して良いと言ってある。ナデンやルビィもパイと旧交を温めたいだろうし、シィル王女も加えた四人で遊びに行っていたようだ。

そんなドラゴン三人は今日は『イシヅカ』で飲み会中だけど。

すると不意にシィル王女が真面目な顔になり、俺のことを見ながら言った。

「もっとも、いつまでも遊び歩いていたら国の騎士たちに示しがつきませんし、良い機会です。この場で国家としてのことを話し合いたいのです」

シィル王女の言葉に、もともとそのつもりだった俺は頷いた。

「承知しました。ユリウスから聞いています。我が国との交易についてですね」

「はい。ラスタニア王国という対外窓口を失ったことにより、我らは物資の調達先を失うことになります。食料や資源などに不足してくるものが出てくるでしょうし、フリードニア王国にはラスタニア王国に代わる調達先になっていただきたい」

フウガが東方諸国連合を征したことにより、ノートゥン竜騎士王国は国境線の半分ほどをフウガの陣営と接することになった。フウガがその気になればそのルートからの物資の移動を制限することができ、国民にとっては大きな負担となるだろう。

それを避けるためにも交易のルートを確保したいのだろう。おそらくは正教皇国の上空、飛竜《ワイバーン》も飛べない高高度を通っての空輸だ。俺は腕組みをしながら唸《うな》った。

「我が国としては構いませんが、貴国と我が国では距離があります。竜《ドラゴン》を用いるとは言え一回に運べる量や種類には限りがあります。陸続きだったラスタニア王国に比べて値が張ってしまうのではないでしょうか？」

これまでのように行商人が行き交うということは望めないからな。

かといって、ノートゥン竜騎士王国が隣接している人類の国家は、フウガの国と帝国の属国、ルナリア正教皇国の一部のみだ。ルナリア正教は聖母竜《マザードラゴン》信仰の中心地である星竜連峰と、そこに関わりの深い竜騎士王国を敵視しているし、フウガ陣営・帝国とは交戦経験があり国交回復にはいたっていない。かなり孤立している。

「俺としては、これを機会に帝国との国交正常化を考えてもいいと思うのですが……どうなんでしょうか？　女皇のマリア殿は信頼がおける御仁です。フウガの国の伸長を考えると検討に値すると思うのですが？」

柔軟に物事を考えられるシィル王女とマリア。馬が合うと思うのだけどなぁ。

しかしシィル王女は静かに首を横に振った。

「マリア殿は信頼できるでしょう。ですが帝国は大きすぎます。いまはマリア殿の統率力で治めているようですが、次代がそうとはかぎりません。もしまた野心ある者が出てくれば、戦端は容易《たやす》く開かれることでしょう」

「国境を接していない分、我が国の方が安心できる……ということですか」

「はい。仕入れ値が高くなるのは覚悟の上です。もちろん物資の運搬が遮断されないかぎりは各国との取引は続けますし、これはいざというときの備えとお考えください」

「それに見合う対価は払えるのですか？」

俺がそう尋ねるとシィルはフッと笑った。

「無論、足りない分は身体《からだ》で払う所存」

「「っ！　」」

シィル王女がそう言うと、リーシアの肩がピクッとなった。

……いや、そういう意味じゃないから。

「ユリウスから聞いてます。竜騎士を運び屋として使いたいとか」

「あっ、そういう……オホン」

リーシアが取り繕ったように咳払《せきばら》いした。シィル王女は苦笑しながら言った。

「必要な物資を購入するための資金源になるかと思いまして。竜《ドラゴン》ならば一度に大量の貨物を空輸できますし、軍事物資の類いで無ければ竜《ドラゴン》との契約にも抵触しないでしょう。需要はあるかと思われますがいかがでしょうか？」

「そうですね……国家規模でも民間でも需要はあるでしょう」

「それでは……っ」

身を乗り出したシィル王女を俺は手で制した。

たしかに需要はある。飛竜《ワイバーン》が二頭、あるいは四頭で運ぶような荷物を竜《ドラゴン》は一頭で運べるパワーを持っている。しかも人と同じ知能を持ち、人の姿にもなれることから、どんな狭い場所にでも行けるし、広い着陸スペースも必要としない。

もし我が国で開業したら引く手あまただろう。だけど……。

「竜騎士を民間相手の運び屋として運用できるとすれば、その竜騎士が自国に所属している場合だけです。他国に所属している強力な空軍戦力が、自国内を無計画に飛び回るのを認めるわけにはいきません」

竜族の戦闘能力を考えると、輸送機より大型爆撃機のほうが近いだろう。

考えてみてほしい。いくら荷物を運べるからといって、他国に所属する爆撃機が、爆弾を積んだまま運送業として自国の空を飛び回ることを認められるだろうか？　竜《ドラゴン》は街や村を一瞬で焼き払える力を有しているので、爆撃機のように爆弾を積まなければいいといった選択もできない。常に一定の戦力を有して飛行することになる。

「それは……そうですね」

俺の指摘にシィル王女は言葉を詰まらせた。俺は溜息交じりに言った。

「私はシィル殿とパイ殿は信頼しています。しかし騎士一人一人、竜《ドラゴン》一頭一頭の人柄・竜《ドラゴン》柄は知りません。もし一人でも不心得者がいたり、あるいは悪意無く、不注意で民家に重たい積み荷を落とす者が現れたら大惨事になります」

たとえばナデンも王都内では便利屋の一環として運び屋の真似事《まねごと》をしているみたいだけど、この場合、なにかあったときの責任は王家が取ることになるだろう。

しかし竜騎士王国に所属する竜騎士がなにかやらかした場合、責任を取らせるのも簡単ではない。必ず国を超えた交渉が必要になるからだ。

そう説明するとシィル王女はガックリと肩を落とした。

「言い分、ごもっともです。……短慮でしたか」

「いえ、目の付け所はいいと思います」

「しかし……困りました。そうなると必要な物資を仕入れる元手がない」

そう言って唸るシィル王女に、俺は「大丈夫ですよ」と笑いかけた。

「自由に飛び回らせることはできませんが、国家としてのみ利用可能にし、使用して良い空路と時刻を定め、積み荷の内容や量を管理した上でなら認めることもできるでしょう。民間人が利用する場合……たとえば大量の物資を輸送したい場合などは、国が一旦窓口になって受注し、そちらに依頼する形にすればいい」

イメージ的には国家のプロジェクトとして打ち上げるロケットに、民間の実験機材などを間借りして打ち上げてもらうような感じだろう。

「あくまで個人ではなく国として、竜騎士の方々に依頼する形であれば可能です」

「本当ですか!?」

シィル王女の顔に喜色が浮かんだ。俺はコクリと頷《うなず》いた。

「飛行計画をキチンと定めた上でならば。荒稼ぎはできないでしょうが、物資を購入するのに十分な利益が出るよう調整しましょう」

「おお！　感謝いたします」

ここら辺の調整はロロアとコルベールたち財務官僚に決めてもらおう。ロロアたちなら適正な報酬も含めてキチンと算出してくれるはずだ。

（またコルベールの仕事が増えることになるけど……すまん、頑張ってくれ）

実際に需要はあるのだ。

トルギス共和国、九頭龍《くずりゅう》諸島連合と結んだ海洋同盟を効果的に結びつけることにも役立つだろう。まあ共和国は寒すぎるので秋口ぐらいから欠航になりそうだけど。

俺は少しだけシィル王女のほうに身を乗り出し、声のトーンを落としながら言った。

「そこで、早速なのですが、国として輸送依頼を出したいのです」

「ふむ……お聞きしましょう」

そして俺はシィル王女に計画中のある輸送任務を頼むことにした。

話を聞き終えたシィル王女はしばらくポカンとしていたけど、やがて不敵な笑みを浮かべるとポンと膝を叩《たた》いた。

「おもしろいですね！　是非やらせてください」

「感謝します、シィル殿」

「では、契約成立ですね！」

俺とシィル王女はしっかりと握手を交わした。

ここにノートゥン運び屋王国として第一号の契約が結ばれたのだった。

第十二章　出ルナリア記

――ソーマとシィルの会談が行われた少し後。


南西方向にあるルナリア正教皇国でも大きな動きがあった。

新興勢力であるフウガの国と結び、聖女を〝僭称《せんしょう》〟するマリアのグラン・ケイオス帝国に対抗しようという強硬派が政争に勝利し、穏健派の弾圧を始めたのだ。

東方諸国連合が統一されフウガの声望が上がったことが、強硬派を後押しする形になったようだ。この政争は正教会の指導者層で行われたため、一信徒に過ぎない大半の国民たちの知るところとはならなかった。

そのため弾圧も密《ひそ》やかに、また陰湿に行われることとなった。

穏健派の司教たちは異端とされ次々に囚《とら》われていった。

そんなある日の夜更け。穏健派の一人であった老齢の枢機卿《すうききょう》と、その庇護下《ひごか》にあった聖女候補のメアリが別れのときを迎えていた。

「本当に……ご一緒に来られないのですか？」

メアリが悲しげに言うと、老齢の枢機卿はコクリと頷いた。

「私はもとよりこの国に骨を埋《うず》める覚悟です」

「ですが、この国に居ては、貴方様《あなたさま》は……」

「ふぉふぉふぉ……私ももういい歳《とし》です。あとはもうルナリア様がお招きになるのを待つばかりのこの身なれば、現世への未練などあろうはずもないよ」

そう言うと老齢の枢機卿はメアリの肩をポンと叩いた。

「じゃが、そなたらはまだ若い。これから積める功徳もまだまだあろう。なんとしても生き延び、信仰を繋《つな》ぎなさい。そなたらにルナリア様のご加護がありますように」

「はい……」

涙目になるメアリに、老齢の枢機卿は笑いかけた。

「ああ、一つ心配があるな。フリードニア王国にはあの生臭司教ソージがおった。あやつのせいで王国内のルナリア正教徒たちが堕落してはかなわん。メアリよ、あやつが真面目に働くよう目を光らせておくのじゃぞ」

「……必ずや」

メアリは頷くと、老齢の枢機卿の手にキスをした。そして立ち上がると、

「……失礼いたします」

一礼してから、メアリは枢機卿の部屋をあとにした。

涙を拭いながら教会の廊下を歩いているとき、一人の少女とすれ違った。

童顔でショートカットの黒髪の可愛《かわい》らしい少女。

一礼したメアリはそのまま歩き去ろうかとも思ったが……足を止めて振り返ると、その

少女の背中に呼びかけた。

「アン」

「……………」

アンと呼ばれた黒髪の少女も足を止め、メアリを振り返った。

その瞳には光は宿っておらず、まるで人形を見ているかのようだった。

メアリはアンに語りかけた。

「アン、貴女《あなた》、フウガ殿の聖女に選ばれたのですね」

「……身に余る光栄です」

アンは胸に手を当てて一礼した。メアリはそんなアンの姿に不安になった。

「貴女は、理解しているのですか？　自分自身の運命を」

「神に選ばれし王であるフウガ様を支えること。それが私に天から下された使命です」

ルナリア正教皇国にとって、聖女とはルナリア正教会と時の権力者を繋ぐ道具だ。

権力者に気に入られて、良いように弄ばれてもそれを受け入れる存在。

さながら人形のように、持ち主のお気に召すままに。

それが使命として教えられ、使命を果たすためだけに育てられてきたのだ。

ソーマ用の聖女として選ばれたことがあるメアリもまた同じ。

しかし、いまのメアリはその歪《いびつ》さを理解していた。

だからこそ、目の前の少女に手を差し伸べずにはいられなかった。

「アン。私と……来ませんか？」

仰《おっしゃ》る意味がよくわかりません」

「広い世界を知れば……王国でなら聖女以外の生き方も見つけられるでしょう」

「なぜです？」

アンは心底不思議そうな顔をして言った。

「せっかくルナリア様より使命をいただいたというのに、なぜそれを放棄しなければならないのですか。ようやく、生まれてきた意味を知ることができたというのに」

「それは……」

聖女候補は孤児の中から選ばれることが多い。

心のよりどころを持たないほうが、信仰心を深く植え付けることができるからだ。

権力者に従順で、信仰のためには命をかけられる存在に育て上げるために。

だからメアリが百名近くいる聖女候補たちに身の危険を訴え、国からの脱出を呼び掛けても、その半数ほどは国に残ることを選択した。

メアリもかつてのままだったら彼女たちと同じ選択をしたかもしれない。

(主の教えに従順であることは美徳です。ですが、主の教えを誰かが語るとき、それが曲解されたものではないかと考えることを放棄するのは従順ではなく盲信です。とくに上層部ともなれば政争を繰り返し、淀《よど》みやすいのですから)

しかし、いくら誘ったところでアンは聖女になることをやめないだろう。

そのことが痛いほどわかってしまうメアリは瞑目《めいもく》した。

「……せめて、貴女にルナリア様の加護がありますように」

「はい。メアリ様にも」

アンはなんの皮肉もこもっていない声で真《ま》っ直《す》ぐに返事をした。

彼女には信仰心以外のなにもない。

だから相手に対しての悪感情を持ち合わせていないのだ。

そのことが無性に悲しかったが、メアリは踵《きびす》を返すと早足で歩き出した。

もうあまり時間は残されていない。


メアリは都市を囲む防壁の東門の近くにある廃れた教会へと向かった。

到着して中に入ると、少女たちと何人かの神官がメアリを囲んだ。

その数は合わせて八十名近くになっている。

「メアリ様！」

「メアリ様、これから私たちはどうなってしまうのでしょうか」

彼女たちはメアリに賛同して国からの脱出を決めた聖女候補たちと穏健派の神官たちだった。聖女候補たちはメアリより年下の少女たちが多かった。まだ聖女としての教育を施され切っていなかったからこそ、メアリの言葉に聞く耳を持てたのだろう。

そんな彼女たちを落ち着かせるように、メアリは言った。

「大丈夫です。既に手筈《てはず》は整っています」

するとメアリは薄暗い教会内を見回しながら言った。

「居《お》られるのでしょう？　出てきてくださいな」

メアリがそう呼び掛けると、次の瞬間、暗闇の中から漆黒の鎧《よろい》に身を包んだ大男が現れた。頭には恐ろしい黒い虎のマスクを被《かぶ》っていた。

「「ひっ！　」」

その異様な姿に何名かの聖女候補や神官が引きつった声を上げた。

「大丈夫です」

メアリは彼女たちを庇《かば》うように前に出ると、その黒虎マスクの大男に告げた。

「ソーマ殿からの使いの方ですね」

「はっ」

黒虎マスクの大男は手を前に組んで頭を下げた。

「我が輩はカゲトラと申します。ソージ・レスター司教の要請を受けた我が主《あるじ》、ソーマ・カズヤ陛下の命により、皆様方を王国へとお連れいたします」

「そうですか。ご苦労をおかけいたします」

メアリがそう答えると、ようやくこの御仁が味方だと理解したのか、聖女候補たちは落ち着きを取り戻した。するとカゲトラはメアリたちに言った。

「しからばお急ぎを。聖女候補たちが集団失踪したと知られれば、じきに追っ手がかかるでしょう」

「わかっています。案内してください」

「はっ」

カゲトラは廃れた教会からほど近い、都市城壁の近くへとメアリたちを案内した。

そこには十台の荷馬車が止まっており、行商人と思われる格好をした男たちも居た。彼らは姿こそ商人だが、全員が黒猫部隊のメンバーだった。

「我らの仲間です。あれに乗って脱出します」

「わかりました。皆さん、急ぎ乗り込んで下さい」

カゲトラの説明を聞き、メアリは頷《うなず》くとすぐに命じた。

十台の荷馬車に聖女候補と神官たちを分散して収容する。中には葡萄酒《ぶどうしゅ》用の空樽《からだる》が積まれていて、メアリたちはその中に身を隠した。

そして一行は商隊に扮《ふん》して門へと向かった。すると、

「止まれ！　このような時間にどこへ向かおうというのか！」

門を警備していた兵士たちがメアリたち一行を呼び止めた。すると行商人の格好をした一人が、代表して兵士の問いかけに応じた。

「へい。○○商会のものですが、フリードニア王国にいる信徒の方から○○様への献上品として、醤油《しょうゆ》・味噌《みそ》っちゅう調味料を運んで来たんですわ。代わりに正教皇国産の『聖な

る葡萄酒』を返礼品として持って帰るところです」

　聖なる葡萄酒とは言っているが実態はタダの葡萄酒であり、正教皇国では自国産の葡萄酒をブランド化し、ありがたいものとして布教活動に使っていた。

「本当だろうな？」

　兵士は荷馬車の中を覗《のぞ》きながら言った。行商人の男は頭を下げた。

「へい。ここに○○様からの手形もございます」

「ふむ……間違いないようだな」

　手形を確認した兵士は頷いた。○○商会は架空のものだが、実際に調味料の輸送はロロア王妃の商会を利用して行っている。また差し出した手形はメアリが老齢の枢機卿に協力してもらい用意した本物の手形だった。

　王国側もメアリ側も、この日のために周到な準備をしていたのだ。

　そのため馬車の中をしっかり確認されることもなかった。

「よし、通って良いぞ。そなたらの旅にルナリア様の祝福を」

「ありがとうごぜぇます。お～し、行くぞー」

　こうしてメアリたち一行はまんまと都市から脱出することができた。

　都市から少し離れたところで、メアリは樽の中から脱出し、荷馬車から顔を出して御者席に座ったカゲトラに尋ねた。

「これからどこへ？」

「当初の計画では警備が手薄なルートを通って国境を越える手筈でしたが……直前になって頼もしき味方を得ることができたようです。その者たちのもとに向かいます」

「頼もしき味方、ですか？」

メアリは聞き返したがカゲトラは答えなかった。そのまましばらく荷馬車が進んでいくと、丘を越えたあたりでカゲトラが前方を指し示した。

「あそこです」

「……………」

メアリが目を凝らしてみると、遠くのほうに立っている何名かの人影が見えた。

薄く月に雲がかかっているため薄暗く、ハッキリと見ることはできなかったが、近づいて行くにつれてそれが何名かの騎士たちと、頭に角、お尻からは爬虫《はちゅうるい》類の尻尾の生えた女性たちだということがわかった。

すると彼らを代表するように一人の騎士が荷馬車に歩み寄ってきた。

「メアリ殿のご一行ですね」

その声から、その騎士が女性だということがメアリにもわかった。

「……そうですが……貴女は？」

「私はノートゥン竜騎士王国の王女シィル・ムントと申します」

「竜騎士王国!?」

メアリは驚きで目を瞠《みは》った。

竜騎士王国といえば聖母竜《マザードラゴン》信仰の中心地である星竜連峰と契約している国だ。

聖母竜《マザードラゴン》信仰とルナリア正教皇国はこの大陸の二大宗教であり、ルナリア正教皇国ではこの聖母竜《マザードラゴン》信仰を邪教だとして認めていなかった。

そんな聖母竜《マザードラゴン》信仰の騎士が正教皇国にいることがメアリには信じられなかった。

「なぜ、竜騎士王国の方がここに？」

「ソーマ王に依頼され、メアリ殿たちをお迎えにあがった次第」

「ソーマ殿に？」

「はい。我らが伴侶である竜《ドラゴン》たちならば、このまま荷馬車を抱えて、対空連弩砲《れんどほう》も届かぬ高高度を飛んで真っ直ぐに王国へと向かうことができますからな」

「…………」

メアリは呆気《あっけ》にとられていた。

ソーマ王が竜騎士王国を動かしたということもそうだが、敵対してきた聖母竜《マザードラゴン》信仰の国の竜騎士たちが自分たちを助けに来たということにも。王国で異なる宗教が緩く共存している現状にも驚かされたが、今回のことはそれ以上の衝撃だった。

そんなメアリの心中を察したのか、シィルは笑いかけた。

「やっぱり、商売敵の手を借りるのは嫌ですか？」

「……いいえ。信仰は商売などではありませんよ」

メアリは肩の力を抜き、シィルに微笑《ほほえ》みかけた。

「私たちのためにありがとうございます。よろしくお願いします」

「ハハハ、心得ました。安全な空の旅をお約束しましょう」

シィルが手を掲げるとパイたちは竜《ドラゴン》の姿へと変身した。

竜《ドラゴン》たちはそれぞれ一台ずつ馬を外した馬車を抱え上げると、騎士たちを背に乗せて空へと舞い上がった。そして一路、王国へと向かって飛んでいく。

ルナリア正教の聖女たちを聖母竜《マザードラゴン》信仰の竜騎士たちが助け出した。

このことは宗教対立を望まないソージをはじめとする王国のルナリア正教徒たちによって、若干誇張されながら拡散されることになる。

そしてその後に穏健派の司教が多数粛清されたという風聞が伝わってくると、このとき助け出された聖女候補や神官たちにより、

『竜騎士たちの心を動かしたメアリ様もまた本物の聖女であった』

……と、実状はともかくとしてメアリは崇《あが》められるようになった。

『どうして聖女をやめたのに聖女だと言われるのでしょう……』

メアリはそう言って困惑したとか。

第十三章　来る者は拒まず、サル者は追わず

――大陸暦一五四九年

この年は激動の年となった。

年明けにフリードニア王国は九頭龍《くずりゅう》諸島連合と連携してオオヤミズチの討伐を成し遂げ、その縁を糧にフリードニア王国、トルギス共和国、九頭龍諸島連合の三国の間で『海洋同盟』が結成された。

これは『人類宣言』の盟主である西のグラン・ケイオス帝国に対抗しうる勢力ができたことを意味し、人々は東西の二大勢力が拮抗《きっこう》する時代が来たと思ったことだろう。

しかし、そこに待ったをかけたのがフウガ率いるマルムキタンだ。

フウガは年明けのオオヤミズチ討伐という快挙を吹き飛ばすほどに大暴れをした。外は魔王領へと侵攻して多くの土地を奪還し、内は東方諸国連合内の敵対勢力を一掃して自分の国に造り替えてしまった。

二大勢力の時代と思われていたときに、第三勢力を作り上げてしまったのだ。

もちろんその間、俺たちがなにもしていなかったわけではない。

魔物学など独自学問の振興と奨励、ヒルデたちの医療制度改革やトリルとジーニャを中

心にした技術開発など、国力は大きく増大していた。

また東西リアル歌合戦による魔法と歌とイメージが与える影響についての研究が進んだことにより、個人使用レベルでの魔法の能力向上が確認されている。

増加幅は平均一割程度ではあるが国全体の魔法が一割強化されたとすれば大きい。

また人口も順調に増加しているし、それに従って人材も増えてきている。

一般の国民の生活水準も上がっている。

辛《つら》い現状への不満からフウガに従っている民が王国で暮らしたら、夢はあってもお世辞にも豊かとは言えないフウガの国に戻りたくはなくなるだろう。

ただ、そういった成果は人の目には映りにくく、派手に成果をあげているフウガに人々の耳目が集まるのも仕方のないことだろう。

◇　◇　◇

そんな激動の大陸暦一五四九年十一月の末。

カゲトラの部隊から伝書クイで、竜騎士王国のシィル王女率いる竜騎士隊が、ルナリア正教皇国からメアリたち聖女候補など八十名ほどの亡命者（うち聖女候補は五十名ほど）を連れて王国に入ったとの連絡がきた。

俺は一先《ひとま》ずシィル王女たちには亡命者たちを正教皇国との国境と王都パルナムの中間に

あり、ミオ・カーマインが治める都市ランデルに下ろしてもらうように頼んだ。

ミオとその補佐をしているコルベールに、一旦彼ら彼女らを預かってもらい、今後のことを話し合うべくメアリを代表として呼び出すことにした。

同時に王都に居た正教皇国からの派遣司教であるソージ・レスターも呼び出す。

そして今日この日、俺は第一正妃リーシア、宰相ハクヤ、そして新たに軍師役を担うことになったユリウスと共に、会議室でソージとメアリを出迎えた。

謁見の間で出迎えなかったのは形式張った手間を嫌ったからだ。無駄な挨拶に時間を使うよりも、とっとと今後の方針を決めてしまいたかった。

長テーブルを挟んで王国側と正教皇国の二人が向かい合う形に座る。

「お久しぶりです。メアリ殿」

「……はい。ソーマ様」

メアリは居住まいを正すと深々と頭を下げた。

「この度はお手数をおかけして申し訳ありません。また、我らを受け入れていただき感謝に堪えません。朋友《ほうゆう》を代表して御礼《おれい》を申し上げます」

とても丁寧にメアリは感謝の言葉を述べた。俺は首を横に振った。

「そう畏《かしこ》まらなくていいさ。公の席というわけじゃない。事情はソージからすべて聞いているし、受け入れると決めたのは俺たちだ。貴女《あなた》たちの安全は我が国が保障しよう」

「ありがとうございます」

するとメアリは肩の荷が下りたのか、隣のソージを見た。

「ソージ殿も、取りなしていただきありがとうございました」

「……まあ、迷える者を救うのが仕事だからねぇ」

普段がちゃらんぽらんなせいで素直に感謝されると居心地が悪いのか、ソージは頭を掻《か》きながらやれやれといった感じで言った。俺はメアリを見た。

「それで、メアリ殿。貴女がここに来たということは正教皇国は……」

「はい。フウガ殿の国との同盟を決めました。そのための聖女も既に選ばれております」

「やはりそうなるか……」

わかってはいたことだけど……俺は肩を落として溜息《ためいき》を吐《つ》いた。

そして参謀役であるハクヤとユリウスに尋ねた。

「フウガはこの申し出を受けると思うか？」

「間違いなく受けるでしょう」

先に答えたのはハクヤだった。

「フウガ・ハーンの拡大路線を支えているのは、彼《か》の人物の声望です。そんな彼の国にとって、ルナリア正教会という権威の後ろ盾を得ることは利が勝ります。併合した国内のルナリア正教徒をまとめるのにも役立ちますから」

「ああ……戦後の民衆の慰撫《いぶ》が容易《たやす》くなるなら、たしかに利があるな」

「はい。それに勢力を急拡大させたフウガ殿には『成り上がり者』という評価が付きまといます。『もとは田舎の小勢力なのに』と侮る権威主義者たちも、『ルナリア神の公認』という権利のもとに黙らせることができます」

「なるほど……」

「私も宰相殿に同意だ」

今度はユリウスが口を開いた。

「敢《あ》えて付け加えるなら軍事的な意味合いも大きい点だろう。この国は共和国、諸島連合との海洋同盟を公言している。フウガが今後の勢力拡大を狙うなら、我らの勢力と帝国の連携は絶対に阻止したいだろう。となれば楔《くさび》となる位置に存在する正教皇国と傭兵《ようへい》国家ゼムは是が非でも味方にしておきたいところだ。私ならばそうするし、ヤツのもとには切れ者のハシムがいる。絶対に同じ事を考えているはずだ」

「確かに……ならば決まりだな」

二人のブレインが同じ予測を立てているのだ。

フウガの国と正教皇国とが結びつきを強めるのは間違いないだろう。

……あまり当たって欲しくない予測ではあるのだけど。

「ソーマ」

するとリーシアがテーブルの下で袖をクイッと引っ張った。

「先のことを考えるのも大事だけど、まずはメアリ殿たちの処遇を決めてあげないと」

「ああ……そうだな」

「……」

見ればメアリが不安そうな顔をしていた。以前に会ったときよりも人間味がだいぶ増していて、思わずなんとかしてあげたいという気持ちになってくる。

「大丈夫。聖女候補も神官たちも粗略には扱わないよ。密偵が紛れ込んでいないかの調査だけはさせてもらうけどね。それが済んだら王国内の教会で働けるように、分散配置させようと思っていたんだけど……」

「あ、あの！　申し上げにくい、ことなのですが……」

そこでメアリが口を挟んだ。

「ん？　なにかあるのか？」

「その……神官の方々はいいのですが、聖女候補たちはルナリア様と派遣された先の王に従順であるように教育されています。そういう教育を施されてきたために、聖女候補たちは世俗に疎く、円滑な対人関係を築けるとは思えません」

「ああ、そういう問題もあるのか」

「はい。実際に……とくに信心深い聖女候補たちは、私が国に残ることの危険性を訴えても耳を貸してもくれませんでした。連れ出すことも……できず……」

「……そうか」

それも個人の選択、自己責任……とは割り切れないんだろうな。

するとメアリは気を奮い立たせるように頭を振ると、真っ直《ま》ぐ《す》に俺を見た。

「分散配置された先で、聖女候補たちが孤立しないか心配なのです。できるならば……聖女候補たち五十名を引き離さないでいただけませんでしょうか。どうか、お願いいたします」

もう一度深々と頭を下げるメアリ。俺たち王国メンバーは顔を見合わせた。

そして誰からとなく苦笑した。俺はメアリに告げた。

「頭を上げてくれ。分散配置しようという案があったのは本当だけど『範囲回復《エリア・ヒール》』に賛美歌を歌うという話があっただろう？　その研究に手を貸して欲しいんだ」

「範囲回復《エリア・ヒール》……ですか？」

ルナリア正教には大勢の負傷者を同時に回復させられる『範囲回復《エリア・ヒール》』という魔法があるという。その際には術者も治療を受ける者たちも揃《そろ》って賛美歌を歌うという。そうして回復を術者と患者の双方にイメージさせて能力の底上げをしているようだ。

リアル歌合戦での実験により、賛美歌以外にも効果のある歌も確認できている。

「我が国でも範囲回復《エリア・ヒール》の研究をしていきたいと思っている。そのための常設の合唱団を創りたいと考えていたんだけど……聖女候補たちは歌はどうだろう？　なんとなくシスターさんって天使にラブソングを届けられそうなイメージなんだけど」

祖父《じい》ちゃんが好きだった映画に出てくるパワフルなシスターさんたちを思い出したんだけど、案の定伝わらなかったメアリは困惑顔をしていた。それでもメアリは、

「あの……らぶそんぐ……がどういうものかは知りませんが」

そう言いながら胸に手を当てて微笑《ほほえ》んだ。

「為政者に気に入られるために、芸事は仕込まれております。ご期待に添えるかと」

メアリはそう請け負った。謙虚な性格っぽいメアリがここまで自信満々に言うのだから期待できそうだ。ジュナさんに歌唱指導を頼むのもいいな。

俺も微笑みながら頷《うなず》いた。

「ならば大丈夫だろう。聖女候補たちはそのように取り計らおう」

「はい」

「かっかっか！　良かったなメアリの嬢ちゃん」

ソージが愉快そうに笑っていた。……笑っていられるのはいまのうちだぞ。

「さて、聖女候補のことはこれでいいとして……ソージ」

「ん？　なんだい？」

「お前、大司教になれ」

「…………はい？」

ソージはなにを言われたのかわからず間の抜けた顔をしていた。

「ハクヤの発案だ。説明を頼む」

「承知いたしました。さて、正教皇国がフウガ・ハーンと結び、また我が国がメアリ殿たちを保護したことにより正教皇国との関係は悪化することでしょう。もはや派遣司教のソージ殿がのらりくらりとかわすだけじゃすまない事態になっています」

「それは……そうかもしれないが……」

　我に返ったソージが言った。ハクヤは頷いた。

「事ここに至っては正教皇国と王国内のルナリア正教徒を完全に切り離したいと考えています。ソージ殿を飛び越えて信者を煽動《せんどう》されたら厄介ですから。だからこそ、ソージ殿には王国のルナリア正教徒を束ねる大司教となり分派を興していただきたい」

「……俺に、正教皇国から独立しろってことかい？」

「あっ、べつに信仰の対象が変わるわけじゃない。ルナリア神を祀《まつ》ることも、祭祀《さいし》の方法も変える必要はない。ただ祭祀を取り仕切るトップが替わるだけだ」

　顔をゆがめるソージに、俺は補足するように言った。

　イメージは前に居た世界のイギリス国教会だ。ローマ・カトリックの影響力をシャットアウトするため国が独自の派閥を創ったあれだ。歴史の授業だと「以前の宗教だと離婚禁止だから、王様が嫁と離婚したいために創った」とか習ったな。

　ああいうのって結構俗説が混ざってるから本当かどうかは知らないけどね。

「だが、いくらなんでも大司教っていうのは……」

　ソージは渋っているようだけど、決断してもらわなくてはならない。

　ハクヤは冷酷な表情でソージに告げた。

「この国へと逃れてきたメアリ殿を、正教皇国は異端者と断ずることでしょう。もし、正教皇国との繋《つな》がりが強いままなら、メアリ殿たちの身は危険なままです。国内の正教徒を刺客にして襲わせるということがないとも言い切れません。それはメルーラ殿を匿（かくま）っている貴殿ならばご理解いただけると思います」

「メルーラ……神殿に忍び込んだというハイエルフ……」

メアリが驚きに目を瞠《みは》っていた。ソージが匿っていたことは知らなかったのだろう。

ソージは頭をガシガシと掻いていたが、やがて観念したように溜息を吐いた。

「俺が大司教になれば……嬢ちゃんたちを護《まも》ってくれるんだな?」

「もちろんだ」

安請け合いではないと示すためにもハッキリと頷いた。

「我が国としては、新たなルナリア正教……とりあえず『王国ルナリア正教』とでもしておこうか。王国正教が信徒を煽動したりせず、祭祀に従事し、人々の心の支えになるというのならば、良い関係を築きたいと思っている」

「……はあ。面倒だが引き受けねばならんか」

「受けてくれるんだな?」

「ああ。だから、嬢ちゃんたちを護るという言葉、違《たが》えないでくれよ」

ソージは渋々ながらも了承した。俺は大きく頷いた。

「この国の王として請け合おう。だがまあ、悪い話ではないと思うぞ。お前が大司教になればメルーラへの異端者認定も取り消せるだろう。少なくとも治安の良いパルナムなら自由に出歩けるはずだ」

「ハハハ、そりゃあいいや。アイツには精々感謝してもらいたいね」

ソージがカラカラと笑った。俺は呆気《あっけ》にとられているメアリのほうを見た。

「メアリ殿」

「は、はい」

「こういう次第になったんだけど、ソージはこのとおり威厳とはほど遠い人物だからな。大司教として振る舞っても軽く見られることだろう。貴女《あなた》が彼の行動を監視して威厳が保つようにしていただきたい」

「あっ、おい！　なんてこと言いやがる！」

ソージが焦った声を出した。

一度は聖女として選ばれたこともあるメアリは、信心厚い者からは尊敬されているようだし、ソージにはない威厳やカリスマ性を彼女ならば補うことができるだろう。むしろソージは名目上のトップにして、彼女が教会内のことを取り仕切りそうだ。

王国正教の裏ボスとして。

メアリは一瞬ポカンとしていたが、やがてクスクスと笑い出した。

「フフフ、もとよりそのつもりですわ。これよりはソージ大司教〝猊下《げいか》〟に、地位に相応《ふさわ》しい振る舞いをしていただくよう目を光らせておきます」

「だそうだ。良かったなソージ、頼れる右腕ができたぞ」

「小姑《こじゅうと》が増えただけじゃねぇか！　ちっともよくねぇ！」

「猊下。上に立つ者がそのような言葉遣いをしては下の者に示しが付きません」

「嬢ちゃんもノリノリじゃねぇか畜生め！」

ソージの叫びに、その場に居たソージ以外の者が声を上げて笑ったのだった。

◇◇◇

――大陸暦一五四九年十二月某日

メアリたちの来訪から凡《およ》そ一ヶ月が経《た》った頃。

この日、俺はリーシアとアイーシャを連れて王国の南西にあり、共和国との国境となっている山へと来ていた。つい先日女児を出産したてのジュナさんと妊娠中のロロア、それと寒さに弱いナデンは王都で留守番してもらっている。

他に連れてきたのは超科学者《オーバー・サイエンティスト》ジーニャ、ハイエルフのメルーラ、帝国の三番姫トリルという技術チームと、クー、タル、レポリナ、それに新たにクーに仕えることになったニケ・チマの共和国チームだった。

「足下に気を付けてくださいね。陛下。リーシア様」

「ありがとうアイーシャ」

先導するアイーシャが差し出した手をリーシアが摑《つか》んだ。

俺たちはいま、この山に築かれた大きなトンネルの中を歩いていた。

古代コンクリートと魔法によって補強されているこのトンネルは、途中までの道はできていたので馬車で進むことができた。ただ、途中から未舗装の道になったところで馬車から降りて歩くことになったのだ。

するとリーシアが白い息を吐きながら笑った。

「トンネルの中は外より温かいのね。まだ寒いけど」

「この時期はナデンが同行を嫌がるくらい寒いからな。でも……やはり暗いな」

「ランプならありますが？」

前を行くアイーシャがランプを掲げた。

現代のようにトンネルを常時照らせるようなものはない。

町の街灯に使っているヒカリゴケも日中に光を蓄えられないのでトンネル内では光らせることができない。かといって篝火《かがりび》や油で火を起こし続けるのも大変だ。昔の夜汽車のように通る者が自分で照らさなければならないだろう。

そんなことを話していると、クーが笑いながら近寄ってきた。

「まあ、この季節はしょうがねぇぜ。冬に王国から共和国に入ろうとするなら、雪の山道を越えなきゃならない。相当準備したとしても命懸けだな」

「そうだな……一応、海岸線沿いにホバー船『ロロア・マル』を運航させているけど物資でいっぱいだからな。一般人にはキツいだろう」

「ウッキャッキャ、だからこそ、このトンネルなんだろう？」

　この長さ数百メートルほどのトンネルは両国の冬の行き来を少しでも可能にするために、王国と共和国の協同出資によって建設されたものだった。

　もっとも財力の差があるからとクーにかなり粘られたため、出資率は王国のほうがだいぶ多くなったのだけど……ＯＤＡのようなものだと思うしかないか。そしてこのトンネルの建設にはついに完成した大型の『穿孔機《ドリル》』が使われることとなった。

「トリルの執念、山をも穿《うが》つか……凄《すご》いものだね」

「フフフ、メカドラに搭載し、オオヤミズチ相手の実戦を経験したことで改良点も見えました。おかげで完成までの時間をグッと短縮できましたわ」

　ジーニャの言葉に、トリルは嬉《うれ》しそうに応えていた。

　穿孔機で削り、付与術式で強化したアーチ状の鉄骨や古代コンクリートで舗装して作り上げたのがこのトンネルだった。正直、設計自体は技術者チームに任せっきりのため、このトンネルが俺が居た世界の技術と比べてどの程度の強度があるのかはわからない。

　ただ見た感じはしっかりとした造りになっている。

「この大きさならばライノサウルスも通れるでしょう」

　アイーシャが高い天井を見ながらそう言った。

「ああ。いまはまだ一頭分しか通れないだろうけど、いずれは拡充するか、横にもう一本通すかして、ライノサウルストレインを行き違えさせたいものだ」

「だな。いまは一本の線路で行って帰ってくるしかないからな」

俺の言葉にクーが笑いながら言った。

そうして歩いていると、やがて奥まった場所に出た。岩盤が前方を塞いでいるが、そこから流れてくる空気はとてもヒンヤリとしている。

おそらく〝向こう側〟が近いのだろう。

その手前にはシールドマシン型の穿孔機があり、技術者たちがすでに待機していた。

「それでは、最後の大仕上げと参りましょう。ジーニャお姉様」

「……そうだね。それじゃあ、よろしく頼むよ」

ジーニャが手を挙げると待機していた技術者たちが動き出した。

そして穿孔機を起動させシールド部分を回転させると、後ろに繋がれていたライノサウルスが歩き出して穿孔機を前へと押し出す。そして……。


ガガガガガガガッ!!


穿孔機が岩盤に当たるとガリガリと削っていった。

しばらく、進む穿孔機を見守っていると、やがて冷たい風が入り込み、眩《まぶ》しい光が溢《あふ》れた。穿孔機が山を貫通したのだ。

まぶしさの理由は貫通した先が、白一色の雪景色だったからだ。

「国境の長いトンネルを抜けると雪国であった……か」

「ああ。オイラたちの国、トルギス共和国だ！」

クーがトンネルの出口に向かって駆けだした。

「タル！　レポリナ！　ニケ！　お前らも来いよ！」

「まったく……」

「待ってくださいよ、クー様～」

呼ばれたタルとレポリナも雪の中に向かって駆け出していた。

そのあとをニケが槍《やり》を担ぎながら、やれやれといった風に付いていった。

「寒っ。……これから本当にこの国に住まなきゃいけないの？」

ニケが身体《からだ》を縮こまらせると、クーはそんなニケの背中をバシバシと叩《たた》いた。

「オイラの家臣になったんだから当たり前だろ。慣れりゃあ雪国暮らしもいいぜ」

「北の暑さが恋しくなってきた……」

クーにウザ絡みされてニケが愚痴をこぼしていた。……これから、か。

「帰るんだな。クー」

「おう。世話になったな、兄貴！」

クーは鼻の頭を擦《こす》りながら言った。今日、王国と共和国間のトンネルが開通したことを機に、クーたちは共和国へと帰ることになっていた。

共和国元首ゴウラン殿はすでに国内の地固めを終えており、クーの帰還を待っていたのだけど、クーはタルの穿孔機開発への協力が終わるまではと王国に残っていたのだ。

ちなみに王都を出立する前に、家族や仲間たちを集めて盛大な送別会を開いていた。

だから今日は、ただ別れるのみだ。

クーは俺のほうへと歩み寄ってくると右手を差し出してきた。

「この何年かで、兄貴からはいろいろ学ばせてもらったよ。いろんなタイプの統治方法があることとか、無駄と思えるような政策の陰に隠れた真意とかな。おかげでオイラが目指すべき共和国元首の姿も見えた気がする」

照れくさそうに言うクー。俺も差し出された手を取った。

「クーは俺なんかよりよっぽど為政者向きだと思うぞ？　会ったときからな」

「ウッキャッキャ、兄貴が為政者っぽくないだけだろ」

そして俺とクーはしっかり握手を交わした。

その横ではリーシアとアイーシャがレポリナと別れを惜しんでいた。

「それではリーシア様、アイーシャ様、いままでお世話になりました」

「貴女たちが一気にいなくなると淋《さび》しくなるわね」

「王国で楽しい思い出はできましたか？」

「ええ。ですが……お二人を見ていると……」

「「ん？　」」

「歌合戦で追い回された記憶を思い出します」

「『プッ、アハハハハ！』」

「笑い事じゃないですよ！　トラウマなんですから！」

涙目で抗議するレポリナを見て二人は大笑いしていた。楽しそうだな。

一方でタルはジーニャたち技術者チームと別れを惜しんでいるようだった。みんなそれぞれ深い関係を築いていたのだなぁ、とあらためて実感してしまった。

「……淋しくなるな」

「一週間に一回は玉音放送で定期報告するだろう？　それに、オイラとタルとレポリナの結婚式には来てくれよな？　　招待状出すから」

「それは勿論《もちろん》だけど、もう少し温かい時期にしてくれよ。やっぱ冬はキツい」

こうして立ち話しているだけでも段々と冷えてくるからな。やっぱ寒いわ共和国。

身震いしながらそう言うと、クーはウッキャッキャと笑った。

「わかってるって。それじゃあ」

クーは棍《こん》を掲げるとニカッと笑った。

「またな兄貴！　いや、我が盟友、フリードニア国王ソーマ殿！」

「ああ、元気でな！　盟友クー・タイセー！」

クーたちはもう振り返らなかった。前を向いて、自分たちの故郷へと帰って行くクーたちの背中を、俺たちは手を振りながら見送ったのだった。

エピローグ　ハーン大虎王国

――大陸暦一五五〇年一月一日

この年が明けてすぐにフウガが動いた。

かつて東方諸国連合一の強国だった『シャーン王国』の首都にある『シャーン城』は、いまは『ハーン城』と名前を変えてフウガの居城となっていた。

そのハーン城の謁見の間で、フウガは先祖伝来の旗を背後に掲げながら、配下の勇将・知将・猛将たちが居並ぶ中、数段高い玉座の前で声を張り上げた。

「これより東方諸国連合は『ハーン大虎王国』と改名する！」

それは古き国家の終焉《しゅうえん》と新たな国家の誕生を意味する宣言だった。

「これよりこの国は、統一された意思のもとでより一層魔王領の解放に尽力していく！　そのためにも、皆の力をこのフウガ・ハーンに貸してもらいたい！　何人にも、魔物にも、踏みにじられることのない強き国を共に創っていこうではないか！」

「「「おおおお!!」」」

フウガの呼び掛けに配下の者たちが野太い声で応じた。

この日、ついにフウガは正式に『ハーン大虎王国』の建国を宣言し、『大虎王』として即位することとなったのだ。先年に東方諸国連合内の政敵を滅ぼしたことにより、実質的には東方諸国連合はフウガの国となっていたのだが、これで対外的にもこの国の王はフウガであるということを示したことになる。

演説するフウガの両脇には妻のムツミと参謀のハシムが控えていた。

すると式を取り仕切っているハシムが宣言した。

「我らが王の即位を祝いに、他国からも使者が訪れております。聖女アン殿、前へ」

ハシムが呼び掛けると、白い修道服の少女が参列者の中から歩み出てきた。

ルナリア正教皇国がフウガのために派遣した聖女アンだ。

アンはフウガの前まで歩み寄ると、そこで両膝を突き、胸の前で手を組み祈るような格好をした。そして口を開くと静かだがよく通る声で告げた。

「ルナリア正教皇国はフウガ様を月神様《ルナリア》が使わした聖王と認定します。どうか貴方様《あなたさま》の御手《みて》で敬虔《けいけん》なる子らを護《まも》り、貴方様の言葉で敬虔なる子らをお導きください。正教皇国は貴方様と共に歩むことをここに誓約いたします」

「……そうか」

フウガは端的にそう言った。

元来のフウガは宗教などはあってもなくても良い物だと思っている。神頼みをするくらいなら自分の力で切り開け、そうすれば自《おの》ずと運が向いてくるし、神様だって味方してくれるだろう……と、そんなことを考える人物だった。

だから宗教国家に聖王と認められたところでなんの感慨もないのだが、これから勢力を拡張していくためには正教皇国との同盟は必須だとハシムに口を酸っぱくして言われていた。だから……。

「与えられた栄誉に恥じぬ王となろう」

本心は押し隠してそう述べた。アンは頭を垂れた。

「我が命はこれよりフウガ様のもの。ルナリア様にお仕えするように、貴方様にお仕えしましょう。身も心も捧《ささ》げます。いかようにもお使いください」

「……そうか。大儀である」

正教皇国は時の権力者に気に入られるように、従順な美少女を聖女として派遣するという話はハシムから聞かされていた。

フウガはムツミのようなしっかりと自分を持った女性が好みであり、運命に唯々諾々と従うようなアンのような少女には魅力を感じなかった。

ただ、運命に流される彼女を哀れにも感じていたので粗略に扱う気もなかった。

(この国での暮らしで、いつかユリガみたいに笑えるようになるといいんだがな)

兄としての性《さが》でフウガはそんなことを思うのだった。

アンが下がると、ハシムは文官たちが盆の上に載せて運んできた紙を手に取った。

「また他国よりこの良き日を祝う文が届いております。隣国であるフリードニア国王ソーマ・A・エルフリーデン殿からも、フウガ様の妹君ユリガ様を通してお祝いの言葉をいただいております。読み上げます」

ハシムはソーマから届いたという『ハーン大虎王国の建国を祝い』『両国の友好を願う』という当たり障りのない手紙を読み上げた。

そのとき、玉座の隣に立ったムツミが小声でフウガに尋ねた。

(「今日はユリガさんは来られなかったのですか？」)

(「……あらかじめ来るなと伝えてある」)

フウガも小声で答えた。ムツミは首を傾《かし》げた。

(「どうしてですか？　兄君の晴れ舞台ですのに」)

(「一度帰国するとソーマ側が警戒して再入国を拒否するかもしれないからな。他国の王族なんて臣従させたあとでもないかぎり、面倒事の種だからな。俺たちが勢力を拡大させるかぎり持て余すことになるだろうし」)

(「そうですか……」)

残念そうに言うムツミにフウガは苦笑した。

(「ああ。だが、ユリガにしても来る気は無かったみたいだぞ？」)

(「？　そうなのですか？」)

(「来なくていい、と伝えたとき『学校があるから』『今度長期抜け出すと補習どころじゃすまないから』との理由で行けそうにないと伝えてきた。……兄の晴れ舞台よりも学校のほうが大事なのかねぇ」)

（「フフフ、友達も多いみたいですし、王国での暮らしを満喫しているのでしょうね」）

（「あんまり染まるのも考え物だがな」）

フウガは肩をすくめた。気にしていない様子ではあったが、心のどこかでユリガはこのまま王国に居着くのではないかと感じていた。

ユリガは賢い。フウガが好む自分の頭で考えて行動できる人物でもある。

ユリガが自身の頭で考えた結果、自分とは違う道を行くというのなら、それもまた一興だろう……と、フウガはそんな風に思っていた。

◇◇◇

フウガ・ハーンの大虎王としての即位と、『ハーン大虎王国』の建国は大陸の情勢に多大な影響を及ぼすことになった。

まずグラン・ケイオス帝国主導の『人類宣言』が有名無実化した。

東方諸国連合が統一されたことにより、多くの加盟国が失われ、現在の加盟国は帝国の属国二国の他はゼムのみとなった。また大虎王国が積極的に魔王領の攻略に取り組んでいるため、その優位性も失われることになった。

ただ女皇マリアのカリスマ性により、相変わらず大陸一の国土と国力は有していた。

また大虎王国の陰に隠れがちではあったが、フリードニア王国・トルギス共和国・九頭《くず》龍《りゅう》諸島連合の三国は海洋同盟を結び、一大勢力を築いていた。

この同盟は海難にあったさいには相互に助けあうという『海の掟《おきて》』をベースに結ばれており、それぞれの国に危機があった場合、すぐに連合艦隊を結成できる状況が整えられていた。これは三国が艦隊を共有しているに等しい。

フリードニア王国と九頭龍諸島連合の艦隊を合わせれば、海上戦力としては世界でも最大最強であり、海軍をほとんど有していない大虎王国はもちろん、（帝国がもともと陸軍重視の国家であることもあり）帝国の艦隊さえも圧倒できると見られていた。

大虎王国と帝国が陸の覇権を巡って競る中、海洋同盟は海に勢力を伸長させたのだ。

ハーン大虎王国。グラン・ケイオス帝国。海洋同盟。

大陸暦一五五〇年の世界は、この三勢力が拮抗《きっこう》する時代であった。

そして……この年は、三勢力すべてを揺るがす事態が発生した年でもあった。

あとがき

この度は現国十四巻をお買い上げいただきありがとうございます。なかがきっぽい位置にありますが、今回はちゃんとあとがきです。どぜう丸です。

今巻ではフウガの勢力拡大がテーマとなります。

時代の寵児《ちょうじ》であり英雄であるフウガは味方を突き動かし、敵を突き動かします。フウガの人を惹《ひ》きつけるカリスマ性についてうまく想像できない人は『紅蓮《ぐれん》の弓矢』『心臓を捧《ささ》げよ！』『紅蓮華《ぐれんげ》』あたりを聴いてみてください。そのときに感じる突き動かされる感覚……動け、戦え、命を燃やせと言われる感覚を濃縮したものがフウガの持つカリスマ性です。フウガに惹かれる人々は陶酔の中で命を燃やします。

そのためフウガの覇道には死が付きまといます。味方はフウガのためならと命を差し出し、敵はフウガほどの男と戦って死ねるならと満足して命を散らします。

ここがソーマとは対照的な部分です。

ソーマ陣営には「合理的な妥協」とでも言うべき面があり、命あっての物種、死んで花実が咲くものか、主義主張は一先《ひとま》ず置いておいて使えるものはなんでも使おう、という考えが根付いています。そのためユリウスの様な敵対した人物も登用できるわけです。ユリウスにしても「仕方ないな」と手を貸しやすい環境なわけです。ソーマの物語で名前ありのキャラクターの退場が少ない理由でもあります。

物語として盛り上がるのはおそらく前者でしょう。後の時代に人気が出るのは保守的な者より革新的な者です。ただ同時代を生きる英雄思想のない大多数の人々の目線に立ってみれば、評価は変わってくるように思えます。

それでは、絵師の冬ゆき様、コミカライズの上田悟司先生、担当様、デザイナー様、校正様、そしてアニメ版の製作に携わっていただいている方々と、この本を手に取ってくださった皆様方に感謝を。どぜう丸でした。


さて、この先は現国十五巻と同時発売予定の新作『八城くんのおひとり様講座』のプロローグと第一話が収録されています。現国のようなファンタジー（若干ＳＦ）とはまったく違う学園物です。「こういう世界だとどういう物語が紡がれるのだろう」という自分の中に湧いた疑問をもとに書きあげたものです。

ただ現国読者の方々はわかると思いますが、私は変に凝った世界観や、文中にある種のギミックを仕込むのが大好きです。一話だけだとありふれた学園物に読めるかもしれませんが、キャラの仕草までしっかり読みこめば違和感をおぼえるかもしれません。

興味をもっていただけましたら、現国十五巻と一緒にこちらのほうもお手にとっていただけると幸いです。

序幕　一人メシも普通に旨い

ぼっちだリア充だと言ったところで、人が採れる選択肢は二つしかない。

自分を通すか、他人を立てるか。この二択だ。

他人を気にせずに自分のしたいことをするか、自分のしたいことよりも相手のしたいことを優先するか。程度の差こそあっても採れる行動はどちらかしかない。

だとすれば……と俺は考える。集団の中で自分のしたいことをするのと、一人で自分のしたいことをするのと、一体なにが違うのだろうか？

どちらもなされるのは自分のしたいことだ。

……結果だけを見ればさして変わらないだろう。

過程段階で違いがあるとすれば、精々そばに他人の目があるかどうかだ。

前者は他人を押しのけて自分を通したという優越感はあるだろうが、その分、押しのけられた人の恨みややっかみも買うことになる。後者は優越感などはないだろうが、誰かの恨みややっかみを買うこともない。どちらが良いとかもないだろう。

逆に集団の中で他人の目を気にして自分を押し殺すのも、一人のときに他人の目を気にして自分を押し殺すのも大して変わらないだろう。前者はかつて『キョロ充（リア充グループに属していてもキョロキョロ他人の顔色をうかがう者）』と言ってバカにされたものだけど、後者も折角一人なのに他人にどう思われているのかを気にして、自分のしたいようにできないのなら、それはキョロ充と変わらないだろう。

一人なんだから、人に迷惑掛けない範囲で好きなことをすればいいんだ。

「お好みは?」

「ニンニク少なめ」

「わかりました。……以上でよろしいですか?」

「はい。それだけで」

スポーツバイクで三十キロほど走り、ほどほどに疲れたところで昼食をとるため入った〇郎インスパイア系のラーメン屋。あのうどんかと思うゴリゴリの太麺とギトギト濃い味のスープが無性に食べたい、でも本家の量はさすがにキツいし……というときにインスパイア系は便利だ。少し探せば自分好みの量に調整できる店はすぐに見つかる。

(まあ『ニンニク少なめ』だけ注文すると「えっ?」って顔をされるんだけど……)

インスパイア系の特徴として好きな具材を〝増せる〟というのがある。

店員さんに「お好みは?」とか「ニンニク入れますか?」と聞かれたときに、ニンニク・カラメ・野菜アブラマシマシ……とかコールするアレだ。

ここの店は他のインスパイア系と違って、ベーシックな麺の量がさほど多いというわけではない。普通のラーメン屋に比べればちょっと多いかな程度だ。だからガッツリ食べたい場合には『麺マシ』のコールは必須となっている。実際にこの店に居るお客さんのほとんどは注文時に『麺マシ』とコールしている。

そんな中で食べ盛りの高校男子である俺が『ニンニク少なめ』とだけ注文したものだから、店員さんも、近くで聞いていたお客さんも一瞬「えっ、インスパイア系の店に来て本当にそれだけでいいの？」という顔をする。

（良いんだよ。あの味が恋しくなって来てるんだから）

折角一人の昼食なのだから他人の目など気にする必要はないだろう。

好きなものを注文して、好きなように食べるだけだ。

しばらく待って注文したラーメンが出てきた。

ほぼ同時に出された隣のお客さんのラーメンが、色の付いたアブラのかかった山盛りモヤシとチャーシューでスープが見えないのに対し、俺のラーメンはごく一般的な見た目に収まっている。もっともインスパイア系で普通なのはむしろあっちなのだけど。

（それじゃ、いただきます）

心の中で言ってから、モヤシと麺とをバランス良く持ち上げながらワシワシと口の中に放り込んでいく。普通のラーメン屋ではごく普通な食べ方だけど、こういった店ではあまり見かけられない食べ方だ。バランスよく食べようとすれば時間が掛かり、麺がスープを吸ってさらに体積を増してしまうからだ。隣のお客さんは野菜と麺を入れ替えて伸びないようにと工夫していた。

だがしかし、俺は適量を頼んでいるので伸びを気にする必要が無かった。

（うん、これこれ。この味だよ）

コシの強い太麺、ギトギトしてるけどやみつきになるスープ、背脂たっぷりのチャーシュー、沢山のニンニク……人によってはマイナス要素にもなりそうなクセの強い味。だけどたまに思い出したかのように無性に食べたくなるんだよなぁ。

誰かに「一緒に食べに行かないか」と気軽に誘えるものではなく、そもそも誰かと一緒に食べに来るものでもない。会話に夢中になっていたら麺が伸びるしね。

これこそまさに一人で食べに来る食べ物の代表例と言えるだろう。

俺は最後に残ったチャーシューを頬張り、残った水を一気に飲み干した。

「……ふう」

満足。満ち、足りた。

好きなものを、好きな量で、好きなように食べることができる幸せ。

これは人と来たって味わえるものではないだろう。

「ごちそうさまでした」

「ありがとっやしたー」

店員さんの威勢のいいかけ声を聞きながら店を出た。昔、友達百人で富士山に登っておにぎり食べたいみたいな歌があったけど、俺は思う。

一人で食べるご飯だって十分に旨《うま》いだろう。

第一話　一人の過ごし方（平日編）

【名前に花のある少女の独白】

命短し、恋せよ乙女。
出典とかは全然知らないけど良い言葉だと思う。
十六歳。花の女子高生なんて呼ばれたりもする私たち。
しかし時間は有限だ。
貴重なこの花の時間は長くは続かない。
どんな時間の過ごし方をしても、あと数年もすれば終わってしまう。
私がこのまるで興味のないドラマを見ている間にもだ。
ただ友達と話を合わせるためだけに。
自分はなぜ、この貴重な時間に乗り気でないことをしているのだろう？
いやそもそも、私が乗り気なことってなんだろう？
部活に青春を捧《ささ》げている子は、辛《つら》そうだけど充実した日々を過ごしている様に見える。
たとえベンチを温める役で終わったとしても、
いつかそんな日々を振り返り、懐かしく思い、そのときの挫折や悔しさがあったからこそ、現在の自分があるのだろう。
……とか、そんなことを思ったりするのだろう。
それじゃあ、いまの私を、未来の私はどんな気持ちで振り返るのかな？
たとえば私と同じように時間を浪費しているように見える人たちがいる。
教室の隅で、休み時間になるとカードゲームに興じている人たち。
周囲の声など聞こえないかのように本を読んでいるような人たちだ。
しかし、そんな人たちにしてもしたいことをしている。
したくないことに時間を使っている自分とは違う。

どうすれば……私もあんな風になれるのだろう。

◇　◇　◇

朝。教室に入るとまず目にするのは三つのタイプの人間だ。
四人以上のグループで大声で話しているヤツら。
友人と二、三人で抑えめの声で話すヤツら。
そして周囲の人間など意に介さず、自分の世界に浸っているヤツらだ。
後者にいくほど肩身が狭いように思えるかもしれないが実態は逆だ。

四人以上で話しているヤツらは声こそ大きいものの、笑顔は貼り付けたようなものだったり、引きつったようなものだったりで、疲れていることが丸わかりだ。

「もう、ちーちゃんったら～♪」

とくに一番目立っていたグループの明るい髪の女子は、端から見ていてもしんどそうだった。笑顔ではあるんだけど、どこか無理しているように感じるのだ。

「ねぇねぇ昨日のドラマ見た？　ショウくん超カッコイイよね～」

友人にありふれた話題を振るその女子は、髪を明るくしていても童顔なのでアイドルっぽく見える。スタイルもメリハリが利いているし明るい性格のようだ。

容姿的には人生イージーモードそうなのに、どうしてあんなしんどそうにしてまで人に合わせようとするんだろうか？　リア充の考えることはわからないね。

（それに比べると……）

俺は窓際の一番後ろの席、つまり俺の後ろの席に居る人物を見た。

デフォルメされたトラ猫の刺繍《ししゅう》の入ったカバーを付けた文庫本から顔を上げることなく、耳にはノイズキャンセリング付きのイヤホンをしている。まさに「アナタに興味はありませんから、どうか自分のことはほっといてください」と言わんばかりだ。

一目で自分の世界に没頭していることがわかる。

なんというか確固たる自分を持っているといった感じだ。

（……さて、俺も本でも読むかな）

自分の席に着くと鞄《かばん》の中からハードカバーの本を取り出した。

この作家は歴史的な美術品をテーマにした傑作推理サスペンスを何冊も出している。その中のいくつかは映画化もされており、その面白さは世界的に保証されていた。

その作者の新作がハードカバーの上下巻で出ていたので持って来たのだ。

分厚く重く持ち運びには不便だけど、読み応えがあって退屈な休み時間を潰すのにちょうど良かった。適度に難解な内容は穏やかな日和に読めば睡眠導入剤代わりにもなる。

（さすがにHR前から寝たりはしないけどな……）

そうして栞紐《スピン》が掛けてあった場所から四頁《ページ》ほど読み進めたときだった。

「ねぇ」

前のほうから声が聞こえた。誰かが話しかけられているようだ。

「ねぇ……ねぇってば。ねぇ」

……うるさいな。早く返事してやれよ。

「ねぇ！　無視しないでってば！」

グイッと本を引っ張られた。顔を上げるとそこには、先程まで教室の前の方で喋《しゃべ》っていた派手目の女子が膨れっ面で立っていた。手には俺の本がある。

「あの……返してもらえる？」

「あ、ごめん……じゃなくて！」

その女子はバンッと机に手を突いた。

「さっきから話しかけているのに、無視するの酷《ひど》くない!?」

「あーいや、俺に話しかけてるとは思わなくて……」

「だからって、誰が言ってるんだろうとか気にならないわけ!?」

「さすがに名前で呼んでくれたら気付いたと思うんだけど……」

俺がそう言うとその女子は露骨に視線を泳がせた。

「だ、だってアナタの名前……その……思い出せなくて……」

あー、だから『ねぇ』を連呼してたのか。

「八城《やしろ》です。えーっと……」

「八城くんね。……アナタも私の名前出てこない系?」

「出てこない系です」

「私が言えることじゃないけど、アナタも大概じゃない?」

仕方ないだろう。これまで他人を気にしてこなかったから、顔と名前を覚えるの苦手なんだ。俺がフルネームで憶《おぼ》えているクラスメイトなんて片手で数えられるほどだ。

「花見《はなみ》沢《さわ》華音《のん》よ。か・の・ん!」

派手目の女子はそう名乗った。名前にまで華があるな……。

「えっと……その花見沢さんが俺になんの用なの?」

ファーストネームを強調されたけど……さすがに呼べないよな。

「あ、そうだった。ちょっと相談に乗ってほしいのよ?」

「相談？　名前も覚えられてなかった俺に？」

「それはゴメン、ってそれなら同罪でしょ！」

「だって俺は花見沢さんに興味ないし」

「言い方！　用がないし、ぐらいにしてくれないと泣くわよ!?」

「で、なんで俺に相談するの？」

「なんでって……八城くんはいつも一人に見えたから」

花見沢さんはモジモジしながらそう言った。

「いや、一人でいる人なら俺の後ろの席にもいるでしょ。花見沢さんは女子だし、そっちに相談する方が自然じゃない？」

「もうトライしたわよ！　そして悉《ことごと》く無視されたわよ！」

「ああ……」

ノイズキャンセリング付きのイヤホンをしているからな。きっと花見沢さんの声《ノイズ》はキャンセリングされてしまったのだろう。

「それで相談って？　ここで聞いて良いこと？」

そう尋ねると花見沢さんは言い淀《よど》んだ。

「それはちょっと……できれば他人の居ない所のほうがいいわ。昼休みとか大丈夫？」

「図書委員の仕事がある」

「じゃあ放課後！　時間を作ってもらえない？」

「放課後なら、まぁ……」

「ありがと。じゃあお願いね」

そう言うと花見沢さんは自分の席へと戻っていった。それとほぼ同時にチャイムが鳴り、しばらくして担任の先生が教室へと入ってきた。

「……」

俺は右手を後ろに回すと、背後の机を指でトントンと叩《たた》いた。

パタンと本を閉じる音が後ろから聞こえた。

◇◇◇

昼休み。スマホで動画を見ながら弁当を食べ終わり、そのまましばらくボーッと動画を眺めていると、不意に背中にこそばゆさを感じた。

(あっ……時間か)

俺は弁当箱を片付けると職員室へと向かった。

「失礼します」

一礼してから中に入り、扉のすぐ横の壁に掛けてあった図書室用の鍵束を回収する。

「失礼しました」

入ってきたときと同じようにそそくさと職員室をあとにすると、同じ階の突き当たりに

ある図書室へと向かった。そして鍵で図書室の扉を開けると、

「ほい」

扉の前で待っていたヤツに鍵束を渡した。

図書室の隣にある資料室の内鍵を開ける様子を横目で見ながら、俺は真《ま》っ直《す》ぐに司書カウンターへと向かった。

椅子に座ると蔵書管理用の年季の入ったパソコンを立ち上げる。

すると窓が開く音がして、秋の訪れを感じさせる涼しい風が入ってきた。

（……気持ちいいな）

俺は職員室によるついでに自販機で買っておいた紙パックのカフェオレと紅茶（ストレート）、そして朝読んでいたハードカバーをカウンターに置いた。

その本を開こうとしたとき、目の前に三冊の本が置かれた。

（今日の返却本は三冊か。まあ借りてく人も少ないしな）

携帯端末で手軽に読みたい本が読めてしまい、ネット上には時間を潰すのにちょうど良いおもしろ動画が溢《あふ》れている昨今、学校内の図書室の存在意義とはどの程度のものなのだろうか。そんなことを考えつつ、俺は手早く返却処理を済ませた。

取り下げられる本たちを見送りながら、俺は持ち込んだ本を開いた。カフェオレをストローで啜《すす》りながらページをめくっていると、隣の椅子がギッと鳴った。

いつもと変わらない昼休み。

いつもと変わらず、俺は予鈴が鳴るまでそうしていた。

◇◇◇

そして放課後になった。

かえりのHRが終わるとすぐに花見沢さんが俺の席までやってきた。

「それじゃあ朝に言ったとおりに」

「あー、時間を作ってほしいってやつ？」

「うん。そう。じゃあ早速……っ!?」

不意に花見沢さんが言葉を詰まらせた。

「ど、どうしたの？」

「あ、いや……なんでもない……」

なんだろう。なにか変なものでも見たのだろうか。

振り返ろうとしたとき、花見沢さんはバンと机に手を突いて身を乗り出した。

「それより！　付き合ってくれるんだよね」

「あ、うん」

「じゃあ、場所を変えましょう！　ねっ」

「わ、わかったよ」

その剣幕に押された俺はコクコクと頷《うなず》いた。

帰り支度を済ませると花見沢さんのあとに付いて教室を出た。

しばらく歩き、やって来たのは人気の無い校舎裏だった。

このシチュエーション……事情を知らない第三者が見たら、俺が花見沢さんからカツアゲしようと連れ込んだように見えないだろうか。

「考えてみたら校舎裏に呼び出すってカツアゲみたいよね」

どうやら花見沢さんも同じ事を考えていたようだ。

「どうしよう。私がカツアゲしているように見えちゃうかな？」

違った。俺の想像とは配役が真逆だった。

「えっ、俺がカツアゲされるほうなの？」

「だってイケイケな女子とザ・草食系男子よ？　逆はあり得ないでしょ」

「……………」

なにを当然のことを聞いてるのよ、って顔をされた。

……うん。なんだか泣きたい気持ちになった。

「……それで？　俺に相談って」

「なんで涙目になってるの……って、あ、そうだった」

花見沢さんはポンと手を叩くと、俺のことをジーッと見て言った。

「八城くんっていつも一人よね？」

「いきなりのディスり!? そうハッキリ言われるとさすがにイラッとくるんだけど」

「あっ、ごめん！ 違うの。そういうことが言いたいんじゃないの」

花見沢さんは慌てたようにブンブンと首を横に振った。

「そうじゃなくて……八城くんに教えてほしいことがあるの」

「教えてほしいこと？」

聞き返すと、花見沢さんは頷き、意を決したように言った。

「私に、一人の過ごし方を教えてほしいの！」

◇◇◇

「ほら、私って友達多いじゃない？」

「ただの自慢に聞こえるんだけど……」

まあ、べつに羨ましいとは思わないけどな。

陽キャグループの中で笑う自分の姿とかまったく想像できないし。

「そんないいものじゃないわよ」

花見沢さんはそう言って自嘲気味に笑った。

「大勢の中に自分の居場所を確保するのって大変なのよ？ 話を合わせるために、話題の俳優が出てるってだけで興味の無いドラマは見なきゃいけないし、流行を追うためにファッションチェックしてコーデを揃《そろ》えなきゃいけない。出費が痛いわ」

「ふーん……」

そんなの流行を追わなきゃいいだけの話では、とも思ったけど、それができるようならリア充グループになんかいないか。

すると花見沢さんは「はあ……」と溜息《ためいき》を吐《つ》いた。

「私だってたまには一人になりたいのよ。だけど……いざ一人になろうとしてみたら、一人の時間の過ごし方なんてわからなかった。だから一人慣れしてそうな八城くんに教えてもらおうと思ったの」

……やっぱりこれ喧嘩《けんか》売ってない？

「一人なんだし、好きに過ごせばいいんじゃ？　誰に迷惑が掛かるわけでもなし」

「そんなこと言われても……八城くんなら一、二時間潰したいときどうしてるの？」

「本屋をぶらついたり、図書館か自習室で勉強したりだな」

「……それのなにが楽しいのかがわからない」

失敬な。勉強は友達少ないヤツの味方なんだぞ。ったく。

「あとはまあ一人カラオケとかかな」

「それやってみたい！　教えて！」

花見沢さんが食いついた。

「教えてって、一人カラオケくらい、それこそ一人でもできるだろう？　一人でカラオケ店に行くだけじゃん」

「え？　カラオケって友達としか行かないじゃん」

花見沢《はなみさわ》さんは目をパチクリとさせてそう言った。……マジか。

なんというか、ホントに生きてる世界が違うんだな。

「お一人様専用カラオケ店とかも出てきて結構経《た》つし、普通でしょ。ニンニクマシマシなラーメン店なんかよりもよっぽどハードルは低いんじゃない？」

「そうかもだけど……一人でカラオケって友達いない人みたいで……」

「だからその感性がもう古いんだって」

なぜリア充たちはこうも一人だと思うことを恐れるのだろうか。

「店員さんだって『歌好きなんだなぁ』としか思わないよ。グループ割引利かない分、料金多めに払うことも多いし、文句言われる筋合いもない」

「そうかなぁ……」

「そうだよ。だから気にせず行ってきなって」

「じゃ、じゃあ一緒に行ってくれる？」

花見沢さんがグッと迫ってきた。……なに言ってるの？

「それじゃあ一人カラオケにならないだろ……」

「八城《やしろ》くん空気になるの得意でしょ？　実質一人カラオケよ」

そんな実質0カロリーみたいに言われても……やっぱり喧嘩売ってない？

すると花見沢さんは顔の前で手を合わせて拝んだ。

「お願い！　八城くんの分の代金は払うし、一緒に居てくれるだけでいいから」

奢《おご》りか。それならまぁ……いいか。

「……一回だけなら」

「ホント!?　ありがとう！」

花見沢さんは喜色満面になると、俺の手を取ってブンブンと振った。

近い近い。なんでリア充女子はこうも距離感が近いのだろうか。

「じゃあ早速行きましょう！　オー！」

拳を突き上げてテンションを上げる花見沢さん。

こうして俺は彼女に引《ひ》き摺《ず》られるようにしてカラオケ店に向かうのだった。

……やっぱ帰りたくなった。

◇　◇　◇

「いらっしゃいませー。何名様ですか？」

チェーンのカラオケ店員に笑顔で尋ねられて、花見沢さんは、

「あ、学生二人です。二時間で」

と、流れるように伝えた。さすがリア充グループの女子だけあって、店員に対しても

まったく物怖《ものお》じしなかった。リア充ってなにかの二次会や打ち上げなんかで、しょっちゅうカラオケ店に行っているイメージだしな……これも偏見かな。

「やっぱり俺いらなかったんじゃ？　一人でも来れたでしょ」

「あっ……そっか。本当なら一人なのよね」

すると花見沢さんは急に挙動が不審になった。

「？　どうしたの？」

「その……一人で来てたら今みたいに受け答えできてたかなぁ、って」

「現にちゃんとできてたじゃない」

「それはそうなんだけど……それは八城くんが居てくれたからというか……一人じゃないって安心感があったからで……だから……」

花見沢さんがモゴモゴ言っていると、店員さんがメニュー表を差し出してきた。

「学割二時間ですと飲み物を一杯注文してもらっています」

「あ、はい！　私はジンジャーエールで。八城くんは？」

花見沢さんは気を取り直すように元気な声を出した。

「……アイスコーヒーで」

「ジンジャーエールにアイスコーヒーですね。承りました」

そうして諸々《もろもろ》の手続きを済ませた俺たちは、割り当てられた部屋にやってきた。

部屋に入るとすぐに花見沢さんはタッチパネル式のリモコンを手に取った。

「さーてと、なにを歌おうかなぁ〜♪」

店員さんの目から解放された途端にウキウキとタッチパネルを弄《いじ》る花見沢さん。

「さてと……」

一方、俺は空調を弄ってからテーブルの上に教科書とノートと筆入れを置いた。

「『ってえ、なんで勉強道具を広げてんのお!?』」

カラオケマイクを握りしめた花見沢さんが叫んだ。

キュウイイイイイイイン！　とハウリングが鳴って耳が痛かった。

「いや、一人でカラオケに来てやることと言ったら読書か勉強じゃない？」

「『初めて聞いたよお!?　なにその異文化あ!?』」

「ツッコミはマイクを置いてからにして！」

耳を塞ぎながら言うと、花見沢さんはようやくマイクを離した。

「カラオケ店だよ!?　歌うための場所で、なんで歌わないの!?」

「それを言うなら学校だからって学ぶだけの場所じゃないでしょ」

「それとこれとは違わない!?」

「まあまあ。考えてみてほしい」

まだ言い足りない様子の花見沢さんを俺は手で制した。

「家と学校以外で勉強したり読書したりと、自分のしたいようにできる場所ってどこだと思う？　あ、もちろん人に迷惑を掛けない範囲でだけど」

「えっ……図書館とか？」

うん。良いチョイスではある。でも……。

「平日の図書館の自習室は浪人生や高齢者に占拠されてるよ」

「じゃ、じゃあファミレスとか喫茶店とかは？」

「ファミレスはドリンクバーで粘るおばちゃん集団で五月蝿《うるさ》いことがあるし、一人で粘るにも店員さんに白い目で見られる。かといって喫茶店は最近『勉強やゲームなど、長時間にわたる席の占有はお断りしております』と張り紙がされるようになった」

「うっ……」

「その点、カラオケ店はそもそも部屋の占有時間にお金を払っているようなものだしな。決められた時間までなにしてようが自由だし、店員に白い目で見られることもない」

「そ、そう言われると便利に聞こえるけど」

「……昔『カラオケは歌うところであり、愛を育む場所じゃありません』って張り紙をされた理由がよくわかるよな」

「育んじゃったカップルが多かったんでしょうね」

もちろん好きにして良いとは言っても、他人に迷惑を掛けちゃダメだ。絶対。

「まあそんなわけで、カラオケルームは勉強や読書にもってこいなんだよ。この前……知人と来たときも、ほとんど歌わず勉強してたしな」

「ホントなにしに来てるんだか……ほとんど？」

「勉強のついでに、一緒に来てたヤツが思い出したように歌ってた」

「メインとサブのイベントが逆じゃない!?」

花見沢さんが驚きと呆《あき》れ半々といった感じで目を見開いていた。

「ちなみに八城くんの知り合いがなにを歌うのか興味あるんだけど」

「『また君に恋してる』」

「渋っ。坂本冬美さんだっけ？」

「いやビリー・バンバンのバージョン」

「……誰？」

失敬な。本家本元だぞ。

いやまぁ、すっかり坂本冬美さんの持ち歌化してる気がするけど。

「そいつが好きみたいでな。あと『ずっとあなたが好きでした』とか歌ってた」

「あれ、その選曲って……」

「ん？　どうかした？」

「……んーん、なんでもない」

花見沢さんはそう言って首を横に振った。変なの。

「ともかく、折角奢ってもらった代金が勿体《もったい》ないから、俺はここで勉強してるよ。だから花見沢さんも時間まで好きに歌ってればいいんじゃない？」

「好きに、って言っても……こういうときなにを歌えばいいんだろう」

まだそんなことを言っている彼女に俺は苦笑した。

「好きに歌えるのが一人カラオケの醍醐味《だいごみ》でしょ。普段、友達と一緒のときには歌えないような歌でも歌えばいいんじゃない？　俺は聞き流しておくから」

「歌えないような歌……」

しばらく逡巡《しゅんじゅん》していた花見沢さんだったけど、やがてなにか思いついたのか、ポチポチとタッチパネルの画面を押していた。と、あまり注目されたくなさそうだったし、見ているのも野暮だろう。俺は教科書に視線を落とそうとしたところ……。


ジャーンジャカジャン♪


「っ!?」

イントロ部分が流れて俺は思わず顔を上げた。モニター画面には、

『マオマオ☆ダンシン♥オールナイト』

……の文字がポップなフォントでデカデカと浮かび上がっていた。

（DIVA曲!?）

文章読み上げソフトから進化したバーチャルアイドル『DIVA』。

花見沢さんが入れたのはそんなDIVAが歌う楽曲だった。

一昔前に比べれば一般人への認知度も高くなり、もはやオタクだけのコンテンツとは呼

べなくなって久しいが、まだ当時のアングラ臭のようなものは付きまとっていた。

花見沢さんが選曲したことに違和感を覚えるくらいには。

あ、この曲にはＤＩＶＡのライブ映像が流れるみたいだ。

モニターにペンライトの海の中で踊るなんたらマオちゃんが踊っている。

すると、花見沢さんは立ち上がると、

「マッオマオで、ダンシンオールナイっ♪」


歌いながら画面のキャラクターとまったく同じ動きを見せた。

（うわ、完全にシンクロしてる）

どうやら花見沢さんはＤＩＶＡの振り付けまで完璧に憶《おぼ》えているようだった。

踊り付きで歌うのはさすがに一人カラオケでもキツいと思うけど……まあ楽しそうにしているし、いいか。好きにすれば良いと言ったわけだし。

俺は放っといてあげるべく教科書に視線を落とすのだった。

しばらくして、歌い踊り終わった花見沢さんはドカリと席に腰を下ろすと、ストローでチューッとジンジャーエールを啜《すす》りながら額の汗を拭った。

「ふぅ。人目を気にせず全力で踊ると楽しいわね」

「……おつかれ。でもＤＩＶＡ好きとは意外だったね」

俺がそう指摘すると花見沢《はなみさわ》さんは「まあね」と照れたように笑った。

「前にたまたまネットでライブイベントの映像を観《み》てね。アニメキャラみたいな外見なのに……実在感っていうのかな？　まるで本当にそこに居るかのように感じてすっかりハマっちゃったんだ。踊りもカワイイし」

「なるほど」

「……まぁ、友達の前では言えない趣味だけどね」

するとと花見沢さんは小さく溜息《ためいき》を吐《つ》いた。

「たまにね、思うことがあるの。こういう趣味を隠して築いた人間関係が本当に正しいのかって。どうして私は友達に自分の趣味を隠してるのかなって」

「……」

「友達に隠し事みたいなことしてていいのかなって。私はみんなのことを本当に友達だと思っているのかなって。みんなは私のことを本当に友達だって思っているのかなって……そんなことを考えちゃう。アハハ、八城《やしろ》くんを笑えないでしょう？」

花見沢さんは自嘲気味に笑うと、頬杖《ほおづえ》を突いた。

「私も、オタクな友達ができれば、こういう趣味を隠さなくてよくなるのかなぁ。好きな物を共有して、今度こそ理解し合える本物の関係を築けるのかなぁ」

そんなことを言う花見沢さんに、俺は……。

「アホらしい」

そうバッサリと切り捨てた。

「えっ……」

「オタク同士なら理解し合えるとか、そんなことあるわけないだろう。オタクなんてそれこそ、強固な自分の世界を持っている人種だしな」

俺はペンを置くと、花見沢さんを真っ直《ます》ぐ見ながら言った。

「例えばプラモデル好きを集めたところで、バンダイ派かタミヤ派かでも分かれる。タミヤ派でも模型かラジコンかミニ四駆かでも分かれるだろう。プラモデルという括《くく》りだけでもこれなのに、アニメやマンガにいたっては星の数ほどもあるんだ。完全に好きな物を共有し合える存在なんているわけがないだろう」

「で、でも、教室にいるそういう人たちは楽しそうに話してるじゃない」

花見沢さんはそう言ったけど、俺から言わせればわかっていない。

「自分と趣味が完全に合うヤツなんていないとわかっているからこそ、話すのが楽しいんじゃないか。相手が趣味を楽しく語るのを聞いて、自分の趣味を理解させようとして、話し合い、たまに知識量でマウント取り合ったりする」

「なにそれ……それじゃあ、私と友達との関係と変わらないじゃない」

花見沢さんが愕然《がくぜん》とした表情でそう呟《つぶや》いた。俺は頷《うなず》いた。

「ああ。人の関係なんてリア充だろうが非リア充だろうが大して変わらないよ。すべてを理解し合える存在なんていないんだから、たまに相手に合わせたり、たまに自分に合わせてもらったりして、良好な関係を構築していく。あとはもう、その関係に満足するかしないかだけだ」

「満足？　理解し合えないのに満足できるの？」

花見沢さんは俯《うつむ》きながら絞り出すような声で言った。

「すべてを、は無理だろう。だけどたまに、一部なら理解し合えることもある」

俺がそう言うと、花見沢さんはハッとしたように顔を上げた。

「たとえば、俺はとある喪女が主人公のマンガを知人に勧めたことがある。あのマンガは序盤の展開がかなり辛《つら》く、しかも長いから知人は早々に挫折してた」

「……」

「そこで俺は事態が好転する切っ掛けとなった巻と、好転した結果が描かれている巻を送りつけたんだ。五巻分くらい離れてたけど『この二冊だけでも読んでくれ』ってさ」

「……それでどうなったの？」

「その二冊を読んだ知人は『……どうしてこうなったの？』と過程が気になってその間の巻を買い、続きが気になるとそれ以降の巻も買って、一緒に現行で更新を追いかけてくれるようになったよ。……好転する以前は辛くて手が出せないとは言ってたけど」

俺はそのときの相手の顔を思い出して頬が緩むのを感じた。

「嬉《うれ》しかったよ。あのマンガの良さを理解してくれて」

「そう、なんだ……」

「もちろん、勧めたマンガの全部が全部そんな反応だったわけじゃない。だけど、一つだけでも自分が好きなものを相手も好きになってくれた。それが嬉しいんじゃないか」

「……だから、オタクな人たちはあんなに楽しそうなの？」

花見沢さんの問いかけに俺は頷いた。

「俺は、そうだと思っている」

「そう……そうなんだ」

すると花見沢さんはジッと俺のことを見た。

「八城くんは、ＤＩＶＡの楽曲の良さってわかってくれる？」

「ん？　踊りたいとまでは思わないけど、観てて『良いな』とは思うよ」

「そっかそっか」

そう言うと花見沢さんはニッコリと笑うのだった。

「少しでもわかってくれるなら、それで十分だって私も思えたよ」


「今日は楽しかったよ。八城くん」

時間が来てカラオケ店を出たあとで、花見沢さんは晴れ晴れとした顔でそう言った。

「自分の好きなことを全力でできるって楽しいね。なんかハマりそう」

「それは良かったね」

俺がそう言うと花見沢さんは手を後ろで組みながらモジモジとし出した。

「ね、ねぇ……八城くん？」

「なに？」

「その……また付き合ってくれるかな？　私の一人カラオケに」

俺はそんな花見沢さんにニッコリと笑って告げた。

「一人で行きなさい」

◇◇◇

――それからしばらくして。


「ねぇ～ちーちゃん。この動画見てよ～」

「えー、華音《かのん》ってばまたＤＩＶＡのライブ？　たしかに可愛《かわい》いとは思うけどさー、こう毎日オススメ観させられてもねぇ……」

教室の前の方で、友人にＤＩＶＡの動画を勧める花見沢さんの姿があった。

友人に渋い顔をされても構うことなくグイグイとスマホの画面を見せている。

「今度ライブ行こうよ。一度生で観てみたいんだぁ」

「えぇ～でも興味ないし」

「私だってこの前、興味のない少女マンガの実写化映画付き合ったじゃない」

「うっ……わかったよ。一回だけね」

どうやら上手《うま》くやっているようだ。そんなことを考えていると、俺が観ていることに気付いた花見沢さんがこっちにヒラヒラと手を振った。

「あはは……ひゃっ」

義理で手を振り返すと、背中にツンツンとした若干の圧力を感じた。

ツボを押されているみたいでこそばゆかった。

●続きは二〇二一年六月二十五日にオーバーラップ文庫より刊行予定の
『八城くんのおひとり様講座』にてお楽しみください。

俺が、この国を変えてやる!
コミックスシリーズ好評発売中!!
GARDO COMICS
現実主義勇者の王国再建記
漫画:上田悟司
原作:どぜう丸　キャラクター原案:冬ゆき
COMIC GARDO
コミックガルド
オーバーラップ発 WEBコミック誌
https://comic-gardo.com

作品のご感想、
ファンレターをお待ちしています

あて先
〒141-0031
東京都品川区西五反田 8-1-5 五反田光和ビル4階
オーバーラップ文庫編集部
「どぜう丸」先生係／「冬ゆき」先生係

参考文献
『君主論』マキアヴェッリ著　河島英昭訳（岩波書店　1998年）
『君主論』マキアヴェリ著　池田廉訳（中央公論新社　2001年）
『リーダーの掟 超訳 君主論』ニッコロ・マキアヴェッリ著　野田恭子訳（イースト・プレス　2014年）
『今度こそ読み通せる名著 マキャベリの「君主論」』ニッコロ・マキャベリ著　夏川賀央訳（ウェッジ　2017年）

OVERLAP

現実主義勇者の王国再建記 XIV

発　　行　2021年 4月25日　初版第一刷発行
　　　　　2021年12月10日　　　第三刷発行

著　　者　どぜう丸

発 行 者　永田勝治

発 行 所　株式会社オーバーラップ
　　　　　〒141-0031　東京都品川区西五反田 8-1-5

校正・DTP　株式会社鷗来堂

印刷・製本　大日本印刷株式会社

Printed in Japan　ISBN 978-4-86554-891-4 C0193